NASCER
DE
NOVO

ADRIANA ALCANTARA

NASCER DE NOVO

SÃO PAULO, 2024

NASCER DE NOVO

COPYRIGHT © 2024 BY ADRIANA ALCANTARA
COPYRIGHT © 2024 BY ÁGAPE EDITORA LTDA.

EDITOR: Luiz Vasconcelos
PRODUÇÃO EDITORIAL: Letícia Teófilo
PREPARAÇÃO: Angélica Mendonça
REVISÃO: Fabrícia Carpinelli
CAPA E DIAGRAMAÇÃO: Natalli Tami Kussunoki

Texto de acordo com as normas do Novo Acordo Ortográfico
da Língua Portuguesa (1990), em vigor desde 1º de janeiro de 2009.

Dados Internacionais de Catalogação na Publicação (CIP)
Angélica Ilacqua CRB-8/7057

Alcantara, Adriana
Nascer de novo / Adriana Alcantara. — São Paulo : Ágape, 2024.
128 p. : il.

ISBN 978-65-5724-090-8

1. Ficção brasileira 2. Luto 3. Religião I. Título

24-3564   CDD B869.3

GRUPO NOVO SÉCULO
Alameda Araguaia, 2190 – Bloco A – 11º andar – Conjunto 1111
CEP 06455-000 – Alphaville Industrial, Barueri – SP – Brasil
Tel.: (11) 3699-7107 | E-mail: atendimento@gruponovoseculo.com.br
www.gruponovoseculo.com.br

- ◆ -

TUDO TEM UM PROPÓSITO

Eu era sem forma e vazia, e Deus colocou em mim criatividade e me agraciou com lindas histórias que me moldam todos os dias.

Comecei a escrever após um propósito feito no livro de Provérbios e creio que Deus me deu a dádiva de conseguir transcrever para o papel as minhas meditações.

Passei a ler minhas reflexões para as pacientes, e elas começaram a me cobrar essas leituras em todos os plantões. Entre um intervalo e outro, tínhamos nosso momento leitura. Aquela enfermaria passou a ser contagiada com alegria, só matizada com choros sinceros, pois minhas reflexões levaram as pacientes a avaliarem sua vida e, a partir daí, se arrependerem, liberarem perdão e buscarem a Deus para receber a cura da alma. Elas foram meu combustível a escrever cada vez mais. Se aquela enfermaria pudesse falar... Segredos foram confiados, vidas libertas, pacientes e acompanhantes alcançados.

As reflexões que escrevo são intensas e sempre passam uma mensagem de motivação, encorajamento e recomeço. São tão realistas, que até penso já ter conhecido ou que vou me encontrar em algum momento da minha vida com certo personagem por aí.

Como eu digo: "tudo que recebi foram inspirações dadas pelo Espírito Santo". Minha mente passou a transitar entre o que era real e a ficção. E em meio a esse momento transitório, conheci minha personagem central, pela qual descrevo detalhes de uma mulher que após perder seu filho caçula entrou em um luto estendido.

Assim, fui presenteada pelo Espírito Santo com minha primeira obra. Esta que você lê. Em Nascer de novo, você conhecerá o passo a passo de uma mulher que teve a oportunidade de viver outra vez e de experenciar encontros inesquecíveis. Tudo tem um propósito, e neste momento este é o seu, é o nosso encontro.

Boa leitura e Deus abençoe,

PASTORA ADRIANA ALCANTARA.

- ◆ -

- ◆ -

PRÓLOGO 9

PRIMEIRO ENCONTRO 19

SEGUNDO ENCONTRO 25

TERCEIRO ENCONTRO 31

QUARTO ENCONTRO 39

QUINTO ENCONTRO 57

SEXTO ENCONTRO 111

SÉTIMO ENCONTRO 119

- ◆ -

PRÓLOGO

OUVI UM BARULHO DE TIRO que parecia ser bem próximo. Fui ao quarto do Dudu e ele não estava lá. Comecei a proucurá-lo.

– Dudu, cadê você, meu amor?

Comecei a vasculhar a casa na esperança de encontrá-lo. Logo ouvi um gemido repetitivo e alto. Foi então que vi a cena mais desesperadora da minha vida: meu filhinho naquele chão frio, todo ensanguentado na varanda.

Comecei a gritar.

– Socorro! Socorro! Me ajudem, por favor!

Meus vizinhos chegaram e nos conduziram ao hospital mais próximo. Naquele momento, eu só sabia falar:

– Deus, não tire meu filho de mim.

Era uma dor indescritível.

Fiquei no hall do hospital aguardando notícias. Eu não podia entrar além daquela sala. Era uma aflição tão grande.

Após ter passado duas horas, o médico chegou para nos falar o estado do Dudu. E foi a dor mais aguda sentida por mim em toda minha existência.

– Seu filho não resistiu! A nossa equipe foi incansável na tentativa de reanimá-lo.

Do meu peito, eu expelia um grito que saía da alma. Gritei! E dizia:

– Não vou suportar. Deus, quero morrer, me mate.

Fiquei desorientada, entrei no quarto onde meu filho estava e falei com ele:

– Levanta, Dudu, vamos para casa. – Porém, ele não esboçou nenhuma reação.

E, então, minha ficha caiu. *Como iria lidar com a ausência do meu filhinho?* Meu esposo e meus outros dois filhos tentaram me consolar, mas nada era capaz de amenizar a dor que havia em mim. Eles me arrastaram do hospital; eu não queria sair dali.

– Me deixem ficar aqui, o Dudu precisa de mim.

Minha filha, preocupada, falou:

– Mãe, você precisa se acalmar, vai acabar infartando.

– Quem me dera eu morresse aqui. Iria acabar com o meu sofrimento.

Fui então para casa contrariada, mas fui. Deram-me um remédio e apaguei. Quando acordei pela manhã, pedi a Deus que fosse um pesadelo. Entretanto, não era e novamente a dor emergiu.

- ◆ -

Meu esposo resolveu os trâmites do enterro. Chegou a hora do enterro e eu não conseguia me despedir dele. Meu filho, ainda uma criança de oito anos. *Por que com ele?* Tanta gente ruim e Deus foi capaz de tirá-lo de mim daquela forma tão brutal.

O caixão foi descendo aos poucos e, a cada centímetro que descia, eu ia junto. Me senti sepultada com ele. Não queria viver; meu peito estava destroçado. Fui fragmentada; eram só cacos que restavam de mim. Não queria falar com ninguém, não existia mais razão para eu viver. Quantas vezes fiquei me perguntando onde eu havia errado. *E se eu tivesse chegado àquela varanda cinco minutos antes; e se a porta da sala estivesse fechada; e se...* Eram tantos "e se" que até perdi a conta.

Na verdade, eu não queria aceitar a partida dele.

Recebia visitas diariamente. Era um tal de "Levante, você precisa reagir. Sua família precisa de você". Logo passei a recusar as visitas. Isolei-me das pessoas. Nada mais fazia sentido para mim. Fui me tornando, a cada dia, uma pessoa tão amarga, que até a alegria das pessoas me fazia sentir mal. Eram convites e mais convites, todos recusados por mim. Começaram a me ver como um ser estranho. E eu estava revoltada contra tudo e todos.

Minha rotina passou a ser diferenciada: colocava a roupa que estava usando no dia da morte dele; toda tarde ia fazer minha visita ao Dudu no cemitério. Era meu ritual diário. Meu esposo tentava me proibir, mas não havia nada que me impedisse. Ele estava se cansando, não havia se casado com uma mulher azeda como eu estava, e sim com uma mulher cheia de sonhos. Porém, ela havia morrido.

Meu filho mais velho, Arthur, queria chamar a minha atenção de qualquer jeito. Dizia ser bissexual e eu não dava importância para ele. Minha filha, Andressa, ficava dias fora de casa e para mim estava tudo bem. A minha casa se tornou um lugar sombrio onde habitava a tristeza e a dor.

Os anos passavam e nada mudava. Muitos falavam que com o tempo o luto se iria e apenas restaria a saudade. Contudo, ali estava eu, quatros anos após a morte do meu filho caçula, com a mesma dor, agonia e tristeza.

Até que minha irmã chegou à minha casa e disse:

– Não vou permitir que você destrua todos ao seu redor. Você está amarrada, atada com todas as pessoas que se importam com você. Olhe para a cova do Dudu e você vai ver que ele não está sozinho. – Ela completou sua ideia com uma frase: – Sua **egoísta**. – E foi embora.

Fiquei pensando em como ela podia fazer aquilo comigo. Eu já estava tão ferida e ela não tinha compaixão.

As palavras dela mexeram comigo, fiquei me perguntando: *Será que sou mesmo egoísta?* Em seguida, respondi para mim mesma: "Não consigo sozinha, preciso de ajuda. Será que preciso de ajuda?".

Foi o debate mais cruel que já tive comigo mesma. No meu íntimo, gerou-se um bloqueio severo. Eu me culpava. Não podia ser feliz porque havia enterrado um filho. Minha mente me acusava toda vez que tentava me reerguer. Até que dormi e tive uma experiência, um sonho ou uma visão; não sei decifrar ao certo.

Estava chegando aos portais celestiais e Deus me impedia de entrar no céu. A justificativa era a de que eu havia rejeitado o amor d'Ele. E eu gritava:

– Por favor, deixe eu entrar.

Ele dizia:

– Apartai de mim que não te conheço.

– Conhece, sim, eu sou a mãe do Dudu, aquela com quem o Senhor foi cruel tirando o que ela tinha de mais valor.

Ele, então, me respondeu:

– Não te vejo como coitadinha. Para mim, você é só mais uma. Conheço a sua dor, e você nunca pensou na minha. Porque eu amei o mundo de tal maneira que dei meu filho unigênito por todo aquele que em mim crê não pereça, mas tenha vida eterna. E hoje você rejeita meu amor. A partir de agora, está condenada ao sofrimento eterno. Quantas vezes me pediu a morte e agora Eu concedo sua petição. Todavia, seu destino são as portas do inferno, e não as mansões celestiais. Te dei a oportunidade de ter filhos e você não deu valor. Permitiu que eles se perdessem. Já pensou que ainda estão vivos e você os está matando todos os dias pela sua falta de cuidado e amor? Saiba que me apresento como o Deus da família e você agiu contra mim, destruindo tudo que coloquei em suas mãos.

- ◆ -

Acordei e ainda estava tentando digerir tudo que havia acontecido através daquele sonho. Não sabia o que pensar, estava totalmente confusa. Parecia que uma escama havia caído das minhas vistas. Pensava: *por onde começar? Sozinha não vou conseguir! Preciso de ajuda. Mas para quem eu posso pedir ajuda?* Tantas pessoas haviam me estendido as mãos e eu havia rejeitado a ajuda. E agora para quem eu poderia recorrer?

Mesmo depois de ser tão grossa comigo, minha irmã era a única pessoa que vinha a minha mente. Aliás, uma voz mansa falava dentro de mim: "Quem nos ama confronta". Assim, entendi que ela seria a minha melhor opção.

Peguei meu telefone algumas vezes para ligar para ela, mas desisti. Até que ouvi novamente a voz: "Márcia, ligue para sua irmã!". Pensava que estava ficando doida mesmo, até estava ouvindo vozes. Contudo, por via das dúvidas, liguei para ela.

– Alô, Mara, bom dia!

Ela não me respondeu de pronto e ficamos em silêncio por alguns minutos, uma ouvindo a respiração da outra. Falei novamente:

– Alô, Mara! Fala comigo. Preciso da sua ajuda.

Até que ela falou:

– Bom dia, Márcia, fiquei em silêncio sem saber o que falar. Já faz quatro anos que não ouço sua voz pelo telefone. Você nunca atendia minhas ligações e sem contar que semana passada falei poucas e boas para você.

– Preciso de um socorro. Aconteceram algumas coisas comigo nesses últimos dias e estou acreditando na possibilidade de estar ficando desorientada. Uma hora vejo coisas e na outra, ouço. Será que tem alguma coisa errada acontecendo comigo?

Minha irmã, então, respondeu:

– Vou fazer de tudo para te ajudar no que for preciso.

– Muito obrigada! – E desliguei a chamada.

No dia seguinte minha irmã chegou na minha casa, me deu um abraço e falou:

– Por onde vamos começar? Primeiro, você precisa se permitir a viver outra vez e aceitar todo o tipo de ajuda. Depois, vamos procurar uma grupo de apoio.

Eu fui até um pouco malcriada com ela e repliquei:

– Se eu não precisasse de ajuda, não teria entrado em contato com você, né?

Minha irmã começou a ligar para tanta gente que perdi a conta de quantas ligações foram feitas. Até que Mara disse:

– Consegui! Consegui! Consegui!

Eu, ansiosa, perguntei:

– O que você conseguiu?

Ela logo falou sobre um grupo voltado a auxiliar pessoas que passaram por algum tipo de trauma. Na quarta-feira seguinte seria o meu primeiro encontro. O nome do espaço no qual as sessões acontecia era "Desperta tu que dormes!". Lá, ajudam pessoas de todo o país a despertar para vida. Fiquei um pouco desacreditada, mas decidi tentar.

Chegou o dia do encontro, estava marcado para as cinco horas da tarde, mas minha irmã chegou às seis da manhã. Lembro-me de que indaguei:

– Você não acha que está cedo demais?

E ela me respondeu:

– Cheguei cedo para você não inventar nenhuma desculpa para não ir.

Fiquei tão apreensiva. *Como seria esse grupo de apoio?* Mas depois eu me conformei.

Passamos o dia juntas. Tomamos café, almoçamos e chegou a hora de visitar o Dudu no cemitério. Fiquei nervosa, pois fui vestir a mesma roupa para ir, mas minha irmã não permitiu. Briguei com ela, tivemos uma discursão.

– Acabou, pare com isso. Nada que você fizer será capaz de trazê-lo de volta.

Então, falei para ela sair da minha casa. Contudo, Mara disse que não iria desistir de mim e, nem que fosse arrastada, eu iria para o encontro do grupo com ela. Percebi que ela estava determinada a me ajudar e acabei desistindo de ir ao cemitério pela primeira vez em quatro anos.

Já estava chegando a hora do encontro. Arrumei-me e saímos.

PRIMEIRO ENCONTRO

AO CHEGAR NO ESPAÇO, comecei a reparar no ambiente. Havia muitas pessoas juntas. *O que será que aquele povo todo fazia ali?*

Minha irmã falava igual a uma matraca.

– Preste atenção em tudo, hoje é a aula inicial. Fiquei quietinha só observando.

Até que um homem subiu no palco. O mediador, como ele se intitulava, começou a falar:

– Prazer, sou a pessoa escolhida por Deus para ajudar a cada um de vocês a despertar para a vida. Me chamo Pablo e hoje vocês estão dando o pontapé inicial para algo que será libertador e transformador para a vida de vocês. Serão sete encontros presenciais e, em paralelo, atividades direcionadas para fazerem em casa ou onde vocês acharem melhor.

Aqui há todos os tipos de pessoas, que estão vivendo o verdadeiro caos. Traumas, medos, perdas, abusos, sentimentos suicidas, depressões etc. Cada um de vocês foram selecionados para serem desenterrados!

Pairou um silêncio naquele ginásio e, logo após alguns choros, não pude me conter e acabei chorando também.

Ele começou a chamar os voluntários:

– Podem entrar, comecem a distribuir as ferramentas para cada um.

Fiquei aguardando minha ferramenta. Para a minha surpresa, deram-me uma pá de obra; para a senhora ao meu, lado entregaram uma enxada. Não estava entendendo nada. *O que eu iria fazer com aquela pá nas mãos?* Antes de acabar de pensar, o mediador falou:

– Vocês acabaram de dar o primeiro passo, e nesse estado inicial passarão a entender a necessidade de serem desenterrados. Todos estão mortos em vida, parados no tempo e sem perspectiva de futuro. Totalmente frustrados. – E continuou, gritando: – Acorde! Desperte! Hoje é um marco na vida de vocês. Respirem! Abram os olhos! Comecem a se mexer e se levantem da cadeira.

Era uma energia imensa. Fiquei cansada só em ver aquele homem andando de um lado para o outro.

– Vamos começar a desfrutar as coisas simples da vida. O abraço é singelo, porém confortante. Escolham uma dupla e abracem-se.

Claro que escolhi minha irmã. Mara, com um cheirinho tão gostoso. Tinha esquecido como era bom abraçá-la. De fundo, ouvia a voz do mediador:

– Você é importante. Existem pessoas que realmente se importam com você. Sabia que o ápice da criação de Deus é você?

Ficamos vários minutos abraçadinhas, aquecidas. Mara ainda falou:

– Irmã, te amo! Estava sentindo a sua falta!

E foi assim que acabou o primeiro dia: todos envolvidos na atmosfera do amor.

– Parabéns, vocês acabam de sair dos escombros! O amor tudo suporta!

Todos os participantes do encontro choravam e aplaudiam. O homem ressaltou a importância de concluirmos os sete encontros e as atividades também. E, a partir daquele momento, fiquei determinada a ir até o fim. Na aula inaugural, pude levar minha irmã, mas, nas seguintes, era só eu e Deus, mais ninguém.

Quando estávamos saindo, os voluntários distribuíram um livreto de tarefas para serem aplicadas no nosso dia a dia. Fiquei com os olhos fitados no título.

AQUELE QUE ESTAVA MORTO RESSUSCITOU!

Na primeira página, lia-se:

"Este livro é destinado a todas as pessoas que estão passando por um período difícil. Nesse manual diário, vocês vão perceber a importância de se permitir viver".

Eram várias atividades.

Cheguei em casa morta de cansaço. Despedi-me da minha irmã, fui tomar um banho e comer alguma coisa e apaguei. Ao acordar no dia seguinte, peguei o livreto nas mãos e, antes mesmo de tomar café ou escovar os dentes, resolvi ler a proposta do dia:

**PRIMEIRO DESAFIO:
O DIA DA GRATIDÃO!**

Naquele dia, era necessário contemplar tudo de bom e não dar vazão a nada de ruim, como pensamentos do passado, realidades do presente e sonhos do futuro. Existia um espaço no livreto para escrevermos. Logo, comecei a pôr em prática os ensinamentos.

Lembrei-me dos momentos felizes da minha infância: a falta de preocupação com as coisas; o cheirinho do bolo de milho da vovó; as brincadeiras com meus primos; o nascimento da minha irmãzinha; o tempo de colégio; a primeira paixonite de adolescência; o carinho do papai; o colinho da mamãe. Só sei que fiquei com o coração em paz.

Logo pensei nos meus filhos saudáveis, no meu esposo dedicado, na geladeira farta...

Depois que escrevi as minhas lembranças boas, e percebi que eram muitas, algo me chamou atenção no rodapé.

> "SE TEUS OLHOS FOREM BONS,
> TODO TEU CORPO SERÁ LUZ."
> (MATEUS 6:22)[1]

Assim, entendi a importância de contemplar tudo de bom que Deus me permitiu viver e também as inúmeras oportunidades que Ele estava me concedendo todos os dias.

Foram várias as tarefas executadas até o dia do segundo encontro. Das atividades mais simples, como abrir a janela do quarto e aguardar os primeiros raios de sol do dia, fazer café para família e olhar nos olhos das pessoas, até a mais complexa, como o dia do perdão. Sim, para mim foi o dia mais difícil e ainda está sendo. Naquele dia em especial, eu deveria acordar e começar a pensar em todas as pessoas que eu havia magoado e decepcionado, aquelas que tinha desprezado e não dado amor. Fui lembrando uma a uma, e foram muitas.

---

1 Todas as citações à Bíblia encontradas neste livro podem ser encontradas na versão Almeida Revista e Atualizada.

Escrevi meus exercícios diários. No rodapé estava escrito:

> **"AQUELE QUE CONFESSA E DEIXA ALCANÇARÁ MISERICÓRDIA".**
> **(PROVÉRBIOS 28:13)**

O dia do perdão se estendeu por vários dias.

SEGUNDO ENCONTRO

NOSSO SEGUNDO ENCONTRO aconteceu em meio às tarefas que eu estava realizando em relação ao perdão.

– Tantos são os perdões que vocês precisam liberar. – O mediador iniciou o encontro com essa fala. – No entanto, tem os mais importantes. Primeiro: perdoar a Deus. Não fiquem magoados com um ser que sabe amar. Nós não O entendemos, mas é necessário não questionar, e sim aceitar a Sua vontade. – E, então, gritou: – **Tudo tem propósito.** A segunda pessoa a ser perdoada é você mesma. Não se culpe. Pare de se julgar com o poder de um juiz. Só quem tem esse direito de julgar é Deus. Ele é o Justo Juiz. Pare de se colocar no local d'Ele. Ninguém tem esse mérito a não ser Ele. Aqui, vocês não são réus e muito menos vítimas, são apenas pessoas comuns que enfrentam coisas complicadas com todo o potencial de ser superadas.

Antes do término do segundo dia, ainda acrescentou:

– Continuem com as tarefas, pois nosso encontro será aberto para as experiências vividas por vocês, sejam em meio aos traumas ou saindo deles. O microfone será aberto e darei a oportunidade para aquele que estiver à vontade externar o que viveu, vive e está planejando viver. Esse será o tema dos nossos próximos encontros. E, para acabar com chave de ouro, gritem. Vocês precisam externar suas emoções. Podem gritar o mais alto que puderem?

Fiquei um pouco tímida, até que um gritou, desencadeando um grito coletivo. Todo ginásio gritou. E assim nosso segundo encontro foi encerrado.

Fui para casa e dei uma olhadinha no livro de tarefas. A atividade em questão era "Para ganhar, deverá perder". Seria necessário desfazer de tudo que me fazia sofrer. Eu pensei em como seria bom ter uma borracha milagrosa para apagar o meu sofrimento. Até que eu entendi o que a tarefa estava querendo.

Pensei vários dias em relação ao que era necessário abrir mão. Até que tomei uma atitude. Entrei no quarto do Dudu e estava do jeitinho que ele havia deixado fazia quatro anos. Eu só entrava lá para chorar, tentar sentir o cheiro dele, ver as suas roupinhas e me lembrar do seu rostinho.

Naquele dia, me bateu um medo de esquecer a fisionomia do meu bebê. Mais uma vez ouvi a voz: "Como esquecer? Foi gerado dentro de você". Entendi, então, que era a hora de me desfazer das coisas dele. Novamente, lembrei-me da minha irmã falando:

– Sua egoísta.

Havia tantas pessoas precisando, até mesmo próximo de mim, e eu não conseguia desapegar. Falei com meu esposo e meus filhos e pedi ajuda para eles. Minha filha ficou incrédula:

– Não acredito, é verdade?

– É, sim, minha filha!

Para a minha surpresa, ela ficou tão empolgada que nem teve vontade de sair de casa. No dia seguinte, começamos o mutirão. Comecei chorando, depois senti algo me confortando. A cada roupinha que eu dobrava, a dor externava. Era como se fossem vários flashes na minha mente. A dor era evidente. Como foi difícil aquele momento.

Na hora de desmontar a cama, havia uma parte na qual ele colava várias figurinhas de futebol, e embaixo de uma delas estava escrito com a letrinha dele:

MAMÃE, EU TE AMO!

Aos prantos, fiquei alisando aquelas letrinhas e pensando como ele era carinhoso. Mesmo depois da sua morte, o elo permanecia. Pensei: *meu filho não está mais aqui, entretanto, o amor é imortal.* As saudades misturadas com as lembranças ressuscitaram minha esperança.

Meu filho sugeriu dar os pertences do Dudu para alguém carente. Morávamos próximos a uma comunidade. Ele ficou responsável por achar alguém necessitado e nos direcionar. O Arthur era um jovem carismático, amigo de todos, então não seria difícil para ele essa tarefa. Ele saiu todo empolgado de casa, dizendo:

– Pode contar comigo. Daqui a pouco estarei de volta.

Quando retornou, contou:

– Mãe, achei o menino para fazermos a doação.

Na manhã seguinte, meu esposo conseguiu uma caminhonete emprestada para fazermos o frete. Botamos tudo nela. Meus filhos foram em pé, na caçamba. Meu esposo dirigia e eu de carona. Literalmente a família buscapé.

Subimos a comunidade e me veio um choque de realidade. Eram tantas pessoas necessitadas. Chegando à casa do menino, fiquei impactada. Quem nos recepcionou foi Dona Carminha. De tão ansiosa, disse já ter ido mais de dez vezes à subida do morro verificar. Fiquei aguardando para ver o menino, Juninho. Ele estava demorando um pouquinho. Até que Dona Carminha gritou:

– Ana, traz logo o Juninho.

Ana era a filha mais velha de Dona Carminha. Ela trouxe o Juninho arrastado na cadeira de rodas.

– Ele nasceu com uma má-formação fetal que comprometeu seus membros inferiores – explicou Dona Carminha.

Passavam tantos pensamentos em minha cabeça que parecia que ela iria explodir. Perguntei:

– Como vocês fazem para levá-lo ao médico?

– Contamos com a ajuda dos amigos e vizinhos, quem estiver disponível. Mesmo na dificuldade, devemos ser gratos. Seja fiel no pouco que no muito será colocado.

Mesmo tão humilde, tinha o coração tão grato, pensei eu com meus botões.

Começamos a desembrulhar as coisas do Dudu e Juninho pulava na cadeira com tanta alegria. Ana falava:

– Sossega, garoto, vai acabar caindo.

Era tanta felicidade que a casa estava contagiada de sorriso. Deixamos tudo lá e voltamos satisfeitos. Aí fui entender que para ganhar era necessário perder.

Meu esposo segurou as minhas mãos e disse:

– Estou orgulhoso de você.

Meus filhos me abraçaram juntos. Ao chegar em casa, olhei para o quarto vazio do Dudu e o choro voltou por uns instantes, até eu me lembrar do Juninho na cadeira, extasiado. Foi uma mistura de choro com sorriso. Mas acabou com um saldo positivo.

Relatei tudo no livreto de tarefas. E logo chegou o dia do terceiro encontro.

TERCEIRO ENCONTRO

O MEDIADOR ESTAVA com o microfone ligado, e todos nós estávamos apavorados. Era um tal de olhos esbugalhados, mãos suadas, garganta seca; toda hora um bebendo água. Até que ele falou ao microfone:

– Calma, gente! Relaxem, nada de nervosismo. Vou colocar algo para vocês ouvirem.

Deu play em uma música instrumental e pediu para desligarmos nossos pensamentos do mundo exterior.

– Nada, apenas você, o som e seu Criador.

Depois, foram surgindo barulhos de cachoeiras, mares, ventania. Fomos nos acalmando ao ponto de ficarmos serenos. O homem passou a abaixar o som aos pouquinhos, até que o auditório estivesse em um silêncio total. Então, perguntou:

– Tem alguém pronto aí? Se tiver, pode vir.

Surgiu a primeira voluntária. O mediador pediu:

– Vamos recebê-la com uma linda salva de palmas.

Acabada as palmas, ela se apresentou:

– Me chamo Mary e tenho 34 anos. Há exatamente três anos e dezessete dias, estava com a minha família, eu, meu esposo e nossa filha de dois anos, em nossa casa de praia localizada em Arraial do Cabo. Nossa casa tinha uma piscina com aproximadamente dois metros de profundidade. Após o churrasco de domingo, fomos descansar no sofá da sala e nos certificamos de que o portão que dava acesso à piscina estava fechado, mas não foi o suficiente. Quando acordamos, fomos procurar por nossa filha e não a achamos. Até que, ao chegar ao quintal, encontramos nossa filha já roxinha naquela piscina, afogada. Meu esposo pulou, pegou ela e fez massagem cardíaca, respiração boca a boca, mas ela não sobreviveu. E hoje tento conviver com a dor da culpa e da perda também.

Quando ela finalizou, todos nós silenciamos. Até que o mediador gritou:

– Seja forte, não desista. Tenha ânimo e continue tentando.

O término do terceiro encontro foi assim: ele aumentou o som que aos poucos foi nos tranquilizando enquanto consolava Mary, aos prantos.

A volta para casa foi de meditação. Parecia que havia tido a oportunidade de olhar para dentro do coração de Mary e sentira a verdadeira empatia. Entendi que não estava sozinha. Existiam outras pessoas sentindo a minha dor; e, por incrível que pareça, senti-me confortada.

Fui dormir com o livreto de tarefas nas mãos. Pela manhã o abri e li.

"Hoje é dia que o Senhor preparou para você, aproveite, é hora de receber. Escolha uma pessoa para te ofertar um presente, algo que te deixe contente. Só tem uma condição: é necessário ela te amar. Nada pode ser forçado, tudo é voluntário."

Nessa tarefa, eu deveria escolher alguém que me amasse e essa pessoa deveria me dar algo que fosse do meu agrado. O escolhido foi meu esposo, não conseguia pensar em outra pessoa. Ele sempre havia tido tanta paciência comigo, mesmo sem eu dar atenção a ele. Nunca desistiu de mim. Se isso não for amor, nem sei o que é.

Naquela altura do campeonato, estávamos todos empolgados. Era um tal de perguntarem das minhas atividades daqui, pedirem para participar de lá. Então, conversei com o meu esposo:

– Você precisa me dar um presente. Algo importante para me fazer sentir especial.

– E para quando é esse presente?

– Me surpreenda!

Nossos filhos estavam animados dando sugestões a todo instante.

– Dê um vestido azul, pai. – Foi a proposta do Arthur. – Vai combinar com seus lindos olhos azuis.

Antes de acabar de falar, Andressa se intrometeu:

– Nada disso, ela precisa de um dia de princesa, limpeza de pele, unhas, maquiagem. Um spa.

Parecia que eu estava dando uma festa na minha sala, todo mundo gritava. Até que meu esposo falou:

– Deixem que o presente quem vai escolher sou eu. Sei exatamente como deixar minha esposa contente.

Não tinha uma noite assim com a família havia tempos. Todos falando, gritando; uma família bagunceira. Fomos dormir e, quando cheguei à cama, meu esposo já estava me esperando. Ele ficou me olhando e disse:

– Sabia que havia esquecido o quanto você é linda.

Dei um sorriso para ele e foi a primeira noite em anos na qual não dormi chorando. Acordei com ele me levando café na cama e dizendo que era só o início do meu presente. Não é que ele se lembrava que eu gostava de queijo quente e suco de goiaba? Quando terminei, ele falou:

– Se prepare, mulher, porque hoje vamos dar um passeio.

Ele me levou para fazer o que fazíamos no início de namoro. Almoçamos juntos, lembramos os apelidos com os quais ele me chamava, como pedacinho do céu, e eu o chamava de pão de mel. Meu marido relembrava como éramos apaixonados, só queríamos ficar grudados. Por último, fomos ver o pôr do sol no Arpoador, onde havia me pedido em casamento. Ele me surpreendeu então:

– Quer se casar comigo mais uma vez?

E eu disse *sim*, como havia dito vinte e três anos atrás. E ele completou o pedido:

– Você foi, é e será minha melhor escolha.

Saímos rumo ao inesperado, eu perguntando o destino e ele respondendo:

– Confie em mim que o melhor está por vir.

Chegamos ao destino: era a casa dos meus sogros em Mangaratiba. Já estava tudo programado. Perguntei:

– Como conseguiu fazer tudo isso em um período tão curto de tempo?

– Estou com uma equipe me auxiliando para oferecer o melhor a você. É meu dever te fazer feliz.

Ele começou a me beijar e dizer que só queria me amar. Ligou uma música na sala e ficamos abraçadinhos, envolvidos em um clima de romance. Aos poucos foi me conduzindo para o quarto, que estava todo perfumado. Tivemos uma linda noite de amor, sem culpa, nem choro, só carinho e respeito. Terminei a noite nos braços do meu amado e ele dizendo estar apaixonado. Porém, era necessário voltar para a vida real. Retornamos para nossa casa e nossos filhos perguntavam a todo instante:

– Como foi?

– Qual foi o presente?

– Queremos saber, falem! Não nos deixem curiosos.

Falamos algumas coisas para eles. Eles, então, ficavam repetindo:

– Tão namorando, tão namorando.

Não fazia ideia de que meu presente se estenderia a eles. Parecia que meus filhos estavam mais felizes do que nós dois. Percebi que, para uma família ser feliz, primeiro é necessário amor conjugal alicerçado em Deus, e a partir daí atinge-se os filhos. Na verdade, todos os filhos sonham em ver os pais se amando, isso é um lar saudável.

Relatei tudo no livreto, parecia que eu era uma adolescente apaixonada.

No dia seguinte, minha irmã foi à minha casa para perguntar do grupo, para saber se eu estava evoluindo. Queria detalhes. Ela estava muito curiosa, pois só havia ido comigo na aula inaugural; nas outras, precisei andar com minhas próprias pernas. E o mediador falou que era necessário ter discrição de tudo que estava acontecendo ali. Por isso, não pude levá-la aos encontros seguintes. Mara me disse:

– Está com a pele boa, com o semblante mais sereno. Estou percebendo que está melhorando, mana.

– Nada como um dia após o outro. Ainda me sinto ferida no meu íntimo, entretanto, estou disposta a ser curada.

– Irmã, não tenho nem noção da dor que sente, mas sei o quanto você é forte para mim. Você é uma referência.

– Eu ser exemplo para você?

Sentia que sempre estava fazendo um monte de burrada. Contudo, quando ela foi embora, eu só conseguia lembrar que ela me admirava. *Será que é possível minha irmã ver algo de bom em mim?* Acabei aceitando o elogio dela e senti o cuidado com a minha baixo autoestima.

Eu já estava tão ansiosa para o próximo encontro que fazia contagem regressiva. Há quanto tempo não me sentia assim tão empolgada!

QUARTO ENCONTRO

NOVAMENTE, O MICROFONE estava ligado e todos transpareciam apreensivos. Um olhava para o outro esperando quem seria o encorajado. O encontro já havia iniciado e o silêncio invadia aquele ginásio. Quando, de repente, entraram os voluntários com borrifadores nas mãos. Ficaram em pontos estratégicos, esperando o mediado falar. Ele pegou o microfone e começou a dizer:

– Darei trinta minutos para vocês apreciarem o poder dos aromas. A cada comando, os voluntários vão trazer alguns aromas para mexer com seus sentimentos. O primeiro cheiro é o de terra molhada. O que te faz lembrar? – E eles começaram a borrifar.

Lembrei-me da minha adolescência, eu e meus amigos voltando da escola e o cheirinho de chuva exalando logo após um temporal; a gente correndo e chutando as poças de água. Que alegria. Até soltei uma gargalhada. Tempos bons!

– O segundo cheiro é alfazema. Será que alguém já viveu alguma experiência ligada a ele? – E os voluntários borrifaram-no.

Recordei-me da infância, minha mãe comigo entre as pernas com um frasco de alfazema e um pente fino, passando na minha cabeça para tirar indesejáveis inquilinos.

– O terceiro cheiro é café. Não é possível que ninguém tem uma lembrança. – E borifaram o aroma mais uma vez.

Meu relógio diário da juventude: todos os dias, às sete da matina, era acordada com o cheiro de café que exalava pela casa. De olhos fechados, o meu semblante estava brilhante; isso era o poder das lembranças ativadas pelos aromas.

O mediador, então, disse:

– Podem abrir os olhos.

Assim fizemos. A atividade nos havia deixado empoderados. Fizemos uma fila para dar nosso depoimento. O mediador logo pediu que tivéssemos calma:

– Calma, gente, que vocês terão suas oportunidades. Primeiro, a Ananda.

Recebemos a mulher com uma salva de palmas.

– Prazer, me chamo Ananda e tenho vinte e oito anos anos. Esta é minha história, ou posso dizer pesadelo. Fui abusada pelo meu pai desde sempre, para mim era algo normal. Minha mãe também sabia e permitia. Quando chegou a época do colégio, ele me levava todos os dias e ficava me vigiando. Seu comportamento era muito estranho para meus colegas e até mesmo para os professores, mas eu não via nada de mal naquilo. Minha mente estava totalmente deturpada. Fui me tornando uma pessoa introvertida, não conseguia externar meus sentimentos. Até que fui surpreendida. Conheci a pessoa mais importante da minha vida, tirando Deus, é claro.

"Ele se chama Alberto, um jovem lindo e abençoado. Na época, estávamos com quinze anos e ele surgiu para trazer esperança à minha vida. Puxou assunto comigo, e eu era um pouco monossilábica. Só falava *sim*, *não* e *tá* e ele disse: "Você não tem outras palavras?". Se ofereceu para levar minha mochila, achei ele tão gentil. Até que meu pai o viu e brigou feio com a gente. Ao chegarmos em casa, meu pai me deu uma surra e me xingou de todos os nomes feios possíveis. No dia seguinte, meus pais não me permitiram ir para o colégio. Quando voltei, alguns dias depois, Alberto tentou se aproximar de mim e eu me esquivei. Meus colegas de turma tentaram saber o que havia acontecido comigo. Eu estava cheia de hematomas por todo o corpo e disse que tinha caído. O Alberto reportou para a diretora e falou do meu comportamento. Ela me chamou na secretaria e fui. Ao chegar lá, me alvejaram com tantas perguntas. Eu não sabia o que falar, ela estava observando meu comportamento fazia muito tempo. Na verdade, queriam ganhar minha confiança para eu conseguir me expor.

"Quando saí da sala, Alberto me esperava. Olhei para ele e minha atitude foi inusitada: corri para os braços dele e minhas lágrimas rolavam. Passei a não deixar meu pai me tocar, então ele me batia; era um verdadeiro pesadelo. Até que um dia eu gritei por socorro tão alto que meus vizinhos escutaram. Chamaram a polícia e fui levada juntamente ao meu pai e minha mãe para a delegacia. Me levaram para uma sala de interrogatório. Só sei que consegui falar tudo que se passava comigo desde a infância até a adolescência. Me senti aliviada. Mas mesmo assim eu estava preocupada com minha mãe e meu pai. E a policial só falava 'Calma, você não é culpada'. Eles fizeram uma medida protetiva e eu me sentindo desolada.

"A policial também dizia: 'Se você não teve ninguém para te proteger, a partir de hoje não estará desamparada. Vai se sentir protegida e amada'. Fiquei em um abrigo por anos, até que com dezoito anos o Alberto chegou lá me procurando. Ele disse: 'Te procurei como agulha no palheiro, porém te achei'. Me senti tão feliz. 'Quero te tirar daqui, te dar um teto, uma família. Parece até loucura minha, mas quer se casar comigo?'. Eu, então, respondi: 'Estamos muito novos para construir uma família'. Mesmo novos, aceitei o pedido dele, já era maior de idade e pude sair com a proposta de uma nova casa.

O Alberto me levou para sua casa, onde vivi por dois anos com seus pais, e ali tive a oportunidade de saber o que é família de verdade.

Sua mãe, Dona Virginia, é um amor. Cuidadosa, fazia de tudo para me agradar. Já o senhor João me mostrou com suas atitudes o que é ser um pai, defendia sua família era o provedor da casa.

Juntaram dinheiro para fazer uma casa acima da deles para nós e hoje tenho um lar, mesmo em meio a essa tormenta vivida, Deus não me desamparou e nunca estive só.

Em resumo, meu pai foi preso, minha mãe está de mal comigo. Faço terapia para conseguir ter uma intimidade saudável e hoje tento retomar a minha vida com todos os traumas e as feridas. Mas com o auxílio de Deus e de uma nova família."

O mediador gritou:

– Seja forte, não desista. Tenha ânimo e continue tentando.

Todos nós aplaudimos.

Foram inúmeros depoimentos naquele dia. Thais falou que havia tentado o suicídio quinze vezes. O Patrick era viciado em crack. Nestor havia presenciado o assassinato da mãe. Foram tantos casos que eu não conseguia compreender como o caráter do ser humano estava tão deturpado.

Logo, o mediador falou:

– Voltem para seus lugares e no próximo encontro tem mais. Como nesse encontro fomos impactados com os aromas, terminaremos com o cheiro da alegria. Alecrim é o cheiro que nos remete à alegria. – E os voluntários começaram a borrifar.

O ambiente ficou cheio daquele aroma agradável. E foi assim que terminou nosso encontro.

Cheguei em casa com tantos assuntos; a toda hora contava uma história.

Peguei meu livro de tarefa.

– Vou botar em prática tudo.

Na próxima tarefa estava escrito:

"Parabéns, você passou para fase avançada.

Todas as atividades foram voltadas para você ser desenterrada. Agora que está viva, respirando sem a ajuda de aparelhos, chegou a hora de voltar a ter seus sonhos. Vamos parar de sermos frustrados?

Escolha algo que você já tinha desistido de fazer na vida e conclua. Nada de estagnar. A ordem é avançar".

E no rodapé lia-se:

"MAS OS QUE ESPERAM NO SENHOR RENOVARÃO AS SUAS FORÇAS; SUBIRÃO COM ASAS COMO ÁGUIAS; CORRERÃO, E NÃO SE CANSARÃO; ANDARÃO, E NÃO SE FATIGARÃO."
(ISAÍAS 40:31)

Fiquei pensando sobre o que eu poderia iniciar que já havia desistido. Esses pensamentos foram aquecendo a minha mente até que tomei uma atitude. Já tive vontade de dar aula de artesanato, sou muito prendada. Sei fazer crochê, tricô, bordado, pintura em tecido. *Vou concluir essa tarefa*, pensei comigo mesma. Fiz uma plaquinha e botei no meu muro.

> **INTERESSADOS EM AULAS DE ARTESANATO, ENTREM EM CONTATO.**

Coloquei meu nome e telefone. No dia seguinte, meu telefone tocou e era minha primeira aluna. Combinamos nossa primeira aula no sábado à tarde.

Meu esposo me ajudou a organizar o ambiente. Ele sugeriu que utilizássemos o quarto do Dudu e a minha resposta inicial foi *não*, mas depois entendi que era necessário e novamente ouvi a voz interna: "Você consegue, precisa avançar". Falei, então, para o meu esposo:

– Está bem, amor, vamos usar o quarto do Dudu.

Arrumamos tudo, ficou lindo. Pintamos a parede e escrevemos:

TRICOTANDO OS SONHOS

Meu marido expressou o quanto estava satisfeito com as atitudes que eu estava tomando. E logo era sábado, o dia esperado. A campanhia tocou e fui correndo atender. A mulher disse:

– Prazer, me chamo Sara e estou ansiosa para a nossa primeira aula.

Falei para ela ficar à vontade e que seria um prazer compartilhar meus conhecimentos com ela. Fomos nos assentando, peguei as agulhas e linhas, e começamos. Ensinei os primeiro pontos e, à medida que ela ia tricotando, ficou à vontade de compartilhar um pouco da vida dela comigo. Parecia que eu estava vendo o cenário da vida de Sara, algo totalmente intrigante. Ela confidenciava que sentia-se confortável em expor um pouquinho da vida dela comigo. E assim fui ouvinte.

– Meu telefone tocava, mas eu não atendia. Queria ficar no silêncio do meu quarto. A angústia me consumia. Quanta dor na minha alma, estava cada vez mais aflita. Meus pensamentos pareciam um veneno que aos poucos me matavam. E meu telefone tocava outra vez. Numa das vezes, minha mãe me deixou uma mensagem que dizia assim: "Sara, minha filha! Saia desse mar de tristeza, me responda... Eu te amo e preciso ter a certeza de que está bem. Será que não se importa comigo?". Tantas coisas ruins aconteciam comigo que nem tinha cabeça de responder. Não queria comer. Banho? Nem sabia qual havia sido o último dia que tomara. A única coisa que eu sabia fazer era chorar.

"De repente, ouvi um barulho à porta. 'Quem será que está batendo à porta? Seja lá quem for, vou ficar quieta, pois não quero falar com ninguém'. Novamente, uma batida à porta. E a frequência se intensificava, acompanhada de gritos: 'Sara, abra essa porta ou eu vou arrombar!'. Pensei que então teria que abrir, pois os vizinhos deviam estar escutando tudo, e daqui a pouco já estariam de fuxico com meu nome. Quando abri a porta, fui bombardeada pela minha mãe: 'Sara, você quer se matar, minha filha? Tão nova, você só tem vinte e três anos. Há quantos dias não come? Meu Deus, que tristeza ver minha filha desse jeito. Onde foi que eu errei?', falava minha mãe com lágrimas em seus olhos. Minha mãe chorando, eu chorando... Minha casa parecia um ambiente de luto. 'Filha, você precisa de Deus e de ajuda. Você era uma menina tão sorridente, não deixe as decepções te destruírem. Você não é a sua dor e muito menos aquilo que te feriu. Vou procurar um auxílio, eu vou te ajudar, você vai sair desse fundo do poço'.

"Minha mãe me pegou como se eu fosse aquele bebê que ela amamentara havia anos, fez uma sopinha e até me deu na boca. Foi me tratando com tanto amor. Me levou para o banho e, toda vez que passava as mãos nas minhas costas, dizia: 'Ô, minha filha, você está tão magrinha. Me perdoe, meu amor, sei que poderia ter sido uma mãe melhor'. Eu não conseguia falar nada, fiquei com tanta dó dela, que já havia sofrido tanto na vida, e eu não queria fazê-la passar por mais uma coisa. Mas era algo tão forte que eu não conseguia sair daquele estado. As pessoas de fora parecem não entender, acham que é frescura. E, na verdade, eu estava ferida, mas o sangramento não era visível. Eu carregava um fardo sobre mim e ninguém era capaz de me ajudar a equilibrar o peso. Tudo estava enraizado na minha alma. A dor era latente, porém nenhuma analgesia seria capaz de amenizar.

"Filha, quero te abençoar! Sei que sua gestação foi muito difícil e te vendo desse jeito lembrei que lancei palavras negativas sobre você. Hoje me culpo pela situação em que se encontra. Agora tenho dimensão do quanto as palavras têm poder, pois tenho Jesus no coração. Se um dia eu não te desejei, hoje digo que eu te desejo mais que tudo na vida. E te peço perdão por tudo, a fim de restaurar a nossa relação!'. As palavras da minha mãe entraram no meu coração como uma flecha, me trazendo paz e uma alegria que há muito tempo não sabia o que era. É claro que eu a perdoaria. Naquele momento, a única coisa que consegui fazer foi abraçá-la e ali naquele abraço encontrei abrigo e me senti segura".

E Sara continuava a contar sua história:

– Naquele mesmo abraço adormeci e só acordei no dia seguinte com ela às sete da manhã, dizendo: "Acorda, menina! Está na hora de agir. Já consegui marcar com minha pastora para você ter uma ajuda dela. Falei que precisava com urgência, seu caso é sério, já é às oito e meia". Levantei-me da cama, tomei o café da manhã que ela havia preparado e já estava me sentindo muito mais disposta do que nos dias anteriores. Logo me arrumei e saí para nosso encontro.

"Cheguei próximo ao gabinete e fiquei aguardando ser chamada. Quando ouvi me chamarem, imediatamente me deu um frio na barriga. Afinal, não sabia o que estava me esperando atrás daquela porta. Fui contando os passos, entrei e toda envergonhada me sentei. 'Olá, Sara! Vamos conversar um pouquinho. Hoje vai demorar um pouco mais por ser a primeira vez que te vejo, e eu preciso muito te conhecer melhor. Me diga, quem é Sara?', perguntou a pastora. Fiquei pensando, pensando, pensando e não conseguia formular uma resposta para ela. Depois de um tempo em silêncio, comecei a falar: 'Eu sou a Sara, tenho vinte e três anos, moro em Niterói, filha de Martha e acho que ainda sou estudante de nutrição'.

"A pastora me respondeu, então: 'Foi muito superficial, Sara, queria saber um pouco mais. Você não me falou do seu pai, se tem irmãos, se tem filhos, namorado ou marido, amizades. Se tem hobbies, religião... E disse achar que é estudante. Por que a dúvida?'. E eu repliquei: 'Me desculpe, é que fico um pouco sem graça de me expor para uma pessoa que acabei de conhecer'. Então, ela continuou: 'Entendi, mas pode deixar que vou com calma e no seu tempo você vai conseguir achar as respostas'."

Tricotávamos, e Sara seguia narrando:

– Saí daquele gabinete após uma oração intrigada, ainda estava tentando assimilar tudo. A minha mãe estava ansiosa para saber como tinha sido. Perguntava: 'E aí? Como foi? Está se sentindo melhor?'. Consegui apenas falar 'Ah, mãe, foi mais ou menos. Fiquei tentando achar respostas para as perguntas que ela fazia e foi muito complicado. Mas creio que, com o tempo, iremos destrinchando todas as perguntas e respostas'.

"Do meu pai, a minha única lembrança era do dia que ele nos abandonou, depois de agredir minha mãe e falar que eu não era filha dele. Desde aquele dia eu nunca mais o vi. Na minha mente estava gravada a fala dele como uma tatuagem. 'Eu odeio vocês, me arrependo amargamente de ter tentado construir uma família com vocês. Nunca mais me procurem. A partir de hoje, não tenho esposa e muito menos filha'. Para mim, ele morreu naquele dia, e olhe que eu só tinha seis anos.

"Nos meus estudos já não consigo mais me concentrar e já fazia um mês que não assistia a uma aula sequer. Lembro-me de um dia, quando eu ainda tinha uns cinco anos de idade, que meu pai me chamou de burra e que eu não iria conseguir concluir nada na vida. Eu devo ser isso mesmo que ele falou.

"Amigos, hoje, já não tenho mais nenhum. Me decepcionei tanto com uma amiga que não consigo me abrir para nenhuma amizade. Fui traída, caluniada, usada. Ela queria tudo o que era meu e, na verdade, conseguiu. Ela comia comigo, usava minhas roupas e, para completar, roubou o amor da minha vida. Como foi difícil presenciar os dois juntos, até hoje sinto uma dor no peito só de lembrar daquela cena.

"Hobby? Nada mais me dava prazer. Nada mais me chamava atenção. E, por último, religião... Eu não queria nem pensar em um Deus que castiga os seus. Estava muito chateada com Ele. Tantas frustrações que não dava nem para contar e, para viver assim, preferia mesmo morrer."

Eu continuava atenta às palavras da moça:

– Bom, parecia que eu tinha encontrado as respostas para as perguntas da pastora. Não via a hora de amanhecer e eu poder ir logo para próxima reunião. No outro dia, saí até mais cedo de casa e pensava que agora iria falar tudo. Ela não queria saber quem era a Sara? Depois de uns minutos minutos de espera, chegou a minha vez. Entrei e logo fui me sentando, nem esperei ela falar. "Já tem as respostas, Sara?". Eu respondi: "Sim, já posso falar?". E falei tim-tim por tim-tim do que eu tinha lembrado no dia anterior, e eu era tão agressiva em meu falar que ela dizia: "Calma, Sara! Vai acabar passando mal com tanta mágoa que está aí dentro de você". Eu estava com tanta raiva do meu pai, da minha amiga (ou posso dizer inimiga), um rancor tão grande guardado em meu peito e, no final, percebi que estava com raiva de Deus.

"Então, a pastora me interrompeu: 'Deixa-me falar um pouco com você, Sara. Já percebeu que só está alimentando sentimentos negativos e que isso é a única coisa que está dentro de você? Vou te ajudar a sair desse estado de tristeza profunda. Você não merece viver assim! Primeiro, você precisa se reconciliar com o seu criador, aquele em que acredita. Como questionar um amor que entrega o que Ele tem de mais valor por amor a mim e a você? A partir daí, tudo vai começar a mudar na sua vida. Ele está agora batendo à porta do seu coração e falando: "Abra para Eu habitar". Mas para Ele habitar é necessário se esvaziar de toda mágoa, tristeza, falta de perdão, deixe sair todos os sentimentos negativos.

"As palavras daquela pastora eram como música para meus ouvidos. Ela falou que eu estava envolvida e aprisionada pelas amarras da falta de perdão e que não chegaria a lugar nenhum se eu continuasse assim. Cada dia que eu saía daquela sala era diferente, me sentia como se estivesse tomando doses de remédios diárias. Decidi buscar uma religião, ou melhor, voltar para quem eu nunca devia ter abandonado. Falei para minha mãe que a acompanharia quando fosse ao culto, e ela ficou tão feliz que a sua alegria me consumiu.

"No dia seguinte, fomos para uma oração e, quando chegamos lá, o pastor estava fazendo um ato profético. Assim como Davi havia tocado a harpa para expulsar os espíritos imundos de Saul, o pastor estava cantando um louvor e pediu para que ficássemos conectados com o Senhor, que seríamos livres das nossas enfermidades. E assim eu fiz. E quando eu percebi, já tinha uma mão tocando no meu coração. Era uma sensação tão boa que eu sentia, uma paz. Era como se aquela mão estivesse penetrando minha alma e arrancando com raiz e tudo todas as minhas tristezas, dores e amargura. Quando abri os meus olhos, me deparei com as mãos da pastora. Eu não imaginava. Me ajoelhei e chorei tanto, um choro que era consolado pelo Espírito Santo. Não eram lágrimas de tristeza. Era um sentimento tão bom, uma paz tão grande que parecia que eu era lavada por dentro. 'Você sabia que eu estaria aqui?', perguntei ainda com a voz embargada de choro. 'Não, mas senti algo me conduzindo a vir aqui nesse dia, e agora sei que o Senhor conduz os passos de quem é bom. Vou te mostrar o verdadeiro valor da amizade'. Deus nos aliançou e, quando eu estava na escuridão, Ele me mostrou que existem amigos mais chegados que irmão."

Entendi o que Sara havia passado, pois eu tive a minha irmã para me auxiliar a sair do luto pelo qual eu estava vivendo. Sara havia saído da depressão com a ajuda da pastora e das doses diárias de Cristoterapia. Primeiro, era necessário reconhecer que precisamos de ajuda e depois ter as pessoas certas para nos auxiliar. Falei isso para a Sara e ela ficou imensamente feliz.

Falei com ela sobre a importância da ajuda espiritual, não descartando a medicamentosa, e ela me disse também ter passado por terapias, pois tinha uma psicóloga de confiança que a atendia em paralelo aos encontros com a pastora.

– No meu caso, não sei o que seria de mim sem Deus. Em segundo lugar, sem a minha mãe e, por último e não mais importante, minha psicóloga e melhor amiga, a pastora.

Deus nos mostra todos os dias que devemos nos esvaziar dos sentimentos que nos leva para as trevas e nos preencher das coisas boas. **É preciso trazer à memória o que pode nos dar esperança**. E se sozinhos não conseguimos, Ele envia anjos na Terra que se chamam **amigos**, porque existem amigos mais chegados que irmãos. **Eles têm o poder de nos conduzir para a luz!**

Era engraçado: nossa primeira aula foi mais um desabafo de Sara, mas entendi que iria aprender muito com as aulas. Seria uma verdadeira troca. Sara era tão jovem – a idade dela era o tempo que eu estava casada – e com tanta coisa para ensinar. Despedimo-nos e senti que contribuía com o mundo. Àquela altura do campeonato, queria transformar tudo e todos ao meu redor.

A semana se iniciou e eu contava os dias para o quinto encontro. Já tinha colocado no livreto as atividades de como havia sido a minha primeira aula, e claro que não podia deixar de fora a Sara.

E chegou o dia.

QUINTO ENCONTRO

O MICROFONE ESTAVA ABERTO e o mediador perguntou:

– Quem se habilita? É claro que não vai dar para ouvir todos. E tem pessoas que não se sentem à vontade para falar ao microfone. Muitos se externam melhor escrevendo, outros podem me chamar pessoalmente no privado que serei todo ouvidos. Na parte dos fundos, estão os voluntários. Aqueles que quiserem, podem ir até eles desabafar. Vocês verão o quanto é libertador compartilhar a dor. Mas se alguém quiser hoje compartilhar conosco, fique à vontade.

Uns foram para as salas de depoimentos assim que eram chamados e outros ficaram no ginásio. Eu fiquei aguardando o jovem que estava se dirigindo para o microfone contar a sua história. Ele deu uma batidinha no equipamento e disse um pouco sem jeito:

– Alô, alô! Tem alguém me ouvindo?

Respondemos:

– Sim!

Então, ele começou:

– "Porque o Senhor ouve os necessitados, e não despreza os cativos", Salmos 69:33. Sinceramente, o versículo da minha vida. Lembro-me como se fosse hoje: eu estava no meu quarto e meus pais pediram para minha tia ficar comigo, pois eles precisavam se ausentar para uma viagem de trabalho. Um garotinho assustado com os gritos que vinham da sala, choros e mais choros. Não entendia nada; entretanto, minha reação foi chorar e gritar. Lá no fundo da minha alma, senti que, a partir daquele momento, começaria a viver meu maior dilema.

"Minha tia me pegou no colo e me levou para sua casa e eu mais uma vez sem entender nada. A frase constantemente citada por mim era 'Quero minha mãe'. Quando cansava, falava 'Quero meu pai'. E minha tia me respondia: 'Eles foram viajar e já, já vão voltar'. Mas o tempo foi passando e nada de eles retornarem. Já tinham se passado semanas, e eu na expectativa. Então, meu tio me levou para o quintal para conversar, em uma noite estrelada com um luar de prata. Porém, não havia beleza alguma naquele momento; havia algo meio tenso, senti meu tio apreensivo. Ele me pediu para ficar com os olhos abertos e apontar para as duas estrelas mais brilhantes. Eu rapidinho as achei.

E daí ele falou 'Toda vez que sentir saudades dos seus pais, olhe para o céu. A partir de agora eles te observarão de lá'. Perguntei 'Titio, papai e mamãe morreram?'. E ele disse que sim. Comecei a chorar, aliás, a berrar. Era incontrolável, eu não parava, gritava; e por horas fiquei assim. Até que dormi desfalecido de tanto chorar."

Eu ouvia aquela história com dor no coração. Quanto sofrimento. E o rapaz continuou:

– Minha cama passou a ser o sofá da sala dos meus tios. Eu não tinha meu espaço, me sentia morando de favor e realmente era verdade. Parecia ser um estorvo para minha tia, não me sentia amado por ela. De tudo ela reclamava, minha presença a incomodava; toda vez que eu tentava me aproximar, ela se esquivava, sem querer a minha presença. Minha tia sentia prazer em tirar a minha paz: se estivesse brincando no quintal, pedia para eu entrar; caso estivesse dentro de casa, mandava eu sair. Não sabia o que queria. *Por que tudo isso havia acontecido comigo?* Pensava isso todos os dias. Minha casa era cheia de alegria, mamãe cantava, sorria, me fazia *cosquinhas*. Já na casa dos meus tios o sorriso era raro. Fui me tornando um garoto calado e revoltado. Eu culpava a todos pela fatalidade ocorrida com meus pais. Me sentia um cachorrinho ferido; quando tentavam encostar em mim, eu mordia. Minha tia me tratava com uma ignorância, já meu tio era mais paciente. Mesmo assim, eu sentia falta de ter uma família, de ser chamado de filho. Queria ser amado.

"Entendi o que era ser órfão em uma atividade de pais e filhos na escola. Fiquei olhando para a porta e pude contemplar cada colega chegando com os seus pais e eu esperando alguém chegar, mas infelizmente não chegou ninguém. Meu tio não conseguiu se ausentar do trabalho e minha tia respondeu *não* antes de eu concluir o pedido para que fosse. Me senti tão angustiado. Eu estava sozinho na última carteira da sala com os olhos cheios de lágrimas. Minha professora tentou me consolar, mas nada que fizesse seria capaz de me confortar. O sentimento de vazio passou a ser preenchido com uma revolta incontrolável.

"Primeiro culpei a Deus. Como um alguém tão bom pode permitir que coisas ruins aconteçam? Por que foi capaz de permitir tamanho sofrimento? Qual erro um garotinho de seis anos cometeu para perder os pais? Eu era uma criança hiperativa e agitada, fui crescendo e me tornei um adolescente problemático e rebelde. Fazia de tudo só para conseguir um pouquinho de atenção e amor; entretanto, não recebia nenhuma demonstração de afeto. Não respeitava as pessoas, só abria uma pequena exceção para o meu tio. Nutria um pouco de obediência a ele por ser o único que me tratava com dignidade. Todos os dias havia uma nova discursão com a minha tia. Ela não perdia tempo e logo soltava suas pérolas: 'Você não vale nada', 'Não sei o mal que fiz para Deus', 'Não vejo a hora de você chegar à maioridade'. E quando ela falava dos meus pais, minha vontade era de avançar nela. Porém, meu tio entrava em meio à discussão e apaziguava a situação. Ele pedia para eu ter paciência, pois ela tinha aquele comportamento devido a não poder ser mãe. Eu, para não perder de zero, dizia 'Uma mulher mal-amada dessa não merece ter filhos."

Percebi que aquela era uma história muito difícil para um rapaz tão jovem viver e que ele teve que ter muita força para contar cada detalhe. Porém ainda havia mais.

– Passei a me envolver com uma turminha barra pesada da escola. Faltava à aula para ir com meus amigos em uma comunidade para fumar maconha. Era o único momento em que eu conseguia fugir da minha realidade. Mas quando a onda acabava, eu me sentia deprimido, assustado e angustiado, parecia haver um buraco negro dentro de mim. Fica até difícil descrever tamanha a dor que invadia meu ser. A tristeza e o sofrimento resultaram no aumento do consumo da droga. E estava disposto a qualquer coisa para sustentar meu vício. Iniciei com pequenos furtos: carteira, celulares, bolsas, cordões de ouro, relógios etc. Estava dando certo, sentia uma adrenalina. Minha mente não parava de maquinar o mal.

"Estava na hora de mudar de nível, pensei na possibilidade de fazer assaltos maiores e, para isso, era necessário conseguir uma arma. Depois de cometer pequenos furtos, comprei uma arma. Aos treze anos adquiri meu primeiro trinta e oito. Comecei a planejar um assalto à mão armada.

Meu tio estava observando o meu comportamento e me chamou para outra conversa difícil. Lá estava eu, meu tio, o céu, as estrelas e tudo mais. As palavras dele me fizeram chorar, era o único com esse poder. 'Lorenzo, lembra que sete anos atrás, quando pedi para você olhar para o céu e você apontou para as estrelas, eu disse ser seus pais?'. Eu disse que sim. 'Então, você acha que seus pais estariam orgulhosos da pessoa que está se tornando? A lei da semeadura é real, cuidado com o que está plantando, pois a colheita é inevitável. E outra coisa, não aceito drogas e muito menos armas aqui dentro de casa, não foi assim que eu te ensinei. Acha que você está escondendo algo de mim? Eu um sirvo a um Deus onipresente. D'Ele você não esconde nada. Há sete anos brigo com minha esposa por sua causa e você não se esforça em ser uma pessoa melhor. Se você não tem afeto por mim, pelo menos seja grato. Pelo teto que te ofereço, a refeição e a roupa que veste'. Fiquei em silêncio, não falei uma palavra sequer.

"Chorei de remorso por ter desapontado meu tio, mas não estava arrependido. Meu tio entrou, e eu fiquei sozinho no quintal, olhei para o céu e pedi perdão aos meus pais. E em uma questão de segundos voltei para o cenário da vida real. Meus sentimentos emergiam. 'Ninguém me ama. Sou um peso para minha família. Só consigo causar repulsa às pessoas'. Minha imaginação começou a produzir estratégias para sair de casa, seria necessário um bom dinheiro para me manter sozinho."

O rapaz, então, respirou profundamente antes de seguir com seu relato.

— Decidi roubar uma joalheria localizada no centro da cidade. Andei durante o dia na frente da loja estudando o melhor horário para abordar a gerente. Observei que no horário do almoço só permaneciam duas pessoas lá dentro. Uma se ausentava para ir ao banheiro, e a outra ficava no balcão. E assim eu fiz: abordei a gerente após a vendedora sair. Falei 'Perdeu, passa tudo'. Com sangue nos olhos, peguei muitas joias, totalmente pilhado. Botei tudo na mochila e saí correndo pela cidade. Só não sabia que a gerente já havia acionado os policiais. Achando estar tudo tranquilo, fui surpreendido por um policial. 'Pare ou atiro. Coloque as mãos sobre a cabeça'. Eu coloquei. Ao me revistarem, encontraram as joias que havia roubado.

"Levei a primeira surra da minha vida. Tapas e mais tapas na cara, o policial me chamando de vagabundo. Depois me levaram para um Centro de Detenção para Menores Infratores. Ganhei uma roupa e precisei cortar o cabelo. Era um ambiente hostil. Havia outros jovens como eu: sozinhos, abandonados, rebeldes, carentes, infratores. Após já ter trocado de roupa e com meu cabelo cortado, fui conduzido ao alojamento. Me deparei com um quarto três por três, com dois beliches e éramos sete meninos. No meu pensamento, me perguntava: *Onde será o local ideal para eu dormir?* O único espaço lógico seria embaixo do beliche; era o único lugar em que eu cabia. Peguei um colchonete em estado deplorável, um cobertor emendado e um lençol rasgado e arrumei a minha cama. Me espremi para caber naquele cantinho cheio de poeira e, pela primeira vez na vida, senti falta do sofá da sala dos meus tios.

"Os inspetores foram nos chamar para o jantar e saí do meu buraco, pois a fome apertava. Chegando ao refeitório, observei a comida toda remexida e fiquei com um pouco de nojo, mas era o que havia para comer. Ou comia ou ficava com fome, eram as duas opções. Sentei à mesa do refeitório com a minha bandeja de comida e veio um garoto em minha direção. De forma surpreendente, ele jogou toda a minha refeição no chão e me disse: 'Quem te deu a permissão para se sentar no meu lugar?'. Eu respondi: 'Não vi seu nome escrito'. E em seguida ele avançou em mim, me dando vários socos e pontapés. Eu não me acovardei e revidei. Os outros jovens ficaram em volta gritando 'Briga, briga, briga!'. Ninguém nos apartava. Depois de um bom tempo, chegaram os agentes e nos separaram. E nos bateram ainda mais com os cassetetes. Levaram-nos para o quarto, cada um em uma ala, os dois ensanguentados. Era meu primeiro dia naquele lugar e já havia me envolvido em uma briga e apanhado dos agentes, nada mal para um iniciante."

Era uma história muito forte e eu me via presa ao relato, tentando entender como aquilo acabaria.

– Os meninos do quarto me chamaram para jogar baralho. Conversa vai e conversa vem, surgiu o momento das apresentações. O normal das apresentações é falar nome, idade e local onde mora. Já lá dentro só eram necessários o nome e os delitos; quanto mais grave mais respeitado. O garoto que arrumou confusão comigo diziam ter matado um policial. Eu era comum para eles, só tinha feito pequenos furtos e, quando passei para porte de armas e assalto à mão armada, fui pego. Acabado o jogo e as apresentações, fui para o meu buraco dormir e novamente senti falta do sofá e da manta quentinha. Lá estava eu no chão daquele quarto, embaixo daquele beliche, sentindo frio como se fosse um cão abandonado.

"Na manhã seguinte me chamaram e me conduziram para uma sala. Disseram ter pago minha fiança e me direcionaram a fazer trabalhos comunitários. Ao sair, para a minha surpresa, meu tio estava me aguardando no portão, me deu um abraço apertado e disse: 'Você precisa sair desse abismo, filho'. Chorei tanto. Foi a primeira vez que meu tio me chamou de filho. Foi tão importante para mim aquela demonstração de carinho. Ele me olhou de cima a baixo e questionou o motivo de estar todo machucado. Silenciei, não queria que ele soubesse do meu envolvimento com a briga no Centro de Detenção.

"Ele me levou para casa e lá pude contemplar tudo que eu possuía e não dava valor. Fui correndo para o banheiro e tomei um banho quentinho, maravilhoso. Me enxuguei com uma toalha limpa e cheirosa. O almoço estava pronto e meu tio me chamou para sentar à mesa. Minha tia, com a cara fechada, parecia estar muito chateada. Não era para menos, né? Já não ia muito com a minha cara e eu ainda dando motivos. Meu tio passou a me levar para o trabalho dele, me disse que iria me ensinar uma profissão. Ele era pedreiro e eu, ajudante dele. Um trabalho cansativo, desgastante. Quando ele tinha uma oportunidade, dizia: 'Você acha justo depois de um mês de trabalho vir outro e te roubar? Já parou para pensar quantas pessoas você fez alguém sofrer?'. Por alguns meses fiquei tranquilo, mas comecei a sentir falta da sensação da maconha, passei até a sonhar.

"Planejei usar sem ninguém perceber. Consegui dar uma fugidinha para a comunidade. Quando estava indo comprar, encontrei um dos meninos que esteve comigo no Centro de Detenção. Ele me perguntou o que eu estava fazendo; na verdade, queria saber se estava roubando. Falei que estava trabalhando honestamente. Mas fui surpreendido por ele: 'Estou precisando de pessoas como você para formar aqui comigo. Você vai ganhar muito dinheiro, poder, mulher, maconha vinte e quatro horas. Só depende de você'. Falei que iria pensar e daria a resposta depois. Peguei seu número de telefone e fui embora."

Aquela história não parava de me surpreender. E não era só comigo, via outras pessoas atônitas.

– Descendo o morro, comecei a pensar na vida boa proposta pelo meu amigo. Cheguei em casa, peguei uma mochila, botei as roupas lá dentro e falei com a minha tia. "Não me procure, já decidi o que fazer da minha vida." Ela disse: "Já vai tarde!". Voltei para a comunidade no mesmo dia. Falei para ele "Cheguei e agora é para ficar". Não percebia, mas aquela vida escolhida por mim estava me contaminando a cada dia, fui me tornando alguém sem sentimentos. Primeiro, só me envolvia com tráfico, depois passei a presenciar assassinatos.

"Os anos passaram e eu já havia completado a maioridade. Decidimos roubar cargas para ganhar mais prestígio com a comunidade. Eu e mais sete, fortemente armados, bloqueamos uma rodovia e roubamos um caminhão de eletrodomésticos. Voltamos como os verdadeiros Robin Hood, distribuímos tudo para os moradores, e eles nos amavam. Mas não tem como você cometer tantos erros e não pagar por eles. Mais uma vez, eu me lembrei do meu tio dizendo da lei da semeadura.

"Com uma angústia no peito, acordei um pouco pilhado, parecia que algo iria me acontecer. Ouvi uns fogos e já sabia que a comunidade estava com operação. Era o caveirão subindo, e a gente trocando tiros. Até que foi sumindo um a um dos meus companheiros e eu me vi sozinho com armas, drogas e tudo mais. Fui preso e mais uma vez me senti órfão, dessa vez de amigos. Me deixaram sozinho, e eu precisei segurar tudo. Já estava sendo investigado pelo roubo da carga. Respondi a vários artigos, como tráfico de drogas e porte ilegal de arma. Agora seria rumo ao presídio. Fui a julgamento e minha sentença foi de oito anos em regime fechado, podendo ser reduzida a pena por bons comportamentos. Outra vez fui privado da minha liberdade.

"Lá dentro existia um culto toda tarde e erámos convidados a participar. Eu sempre rejeitava o convite, pois não conseguia entender por que Deus havia sido tão ruim comigo. Meu companheiro de cela falou, então, que eu havia sido intimado pelo pastor. Eu lhe disse: 'Como assim?'. 'Isso mesmo, e ele falou que não aceita sua recusa. É necessário você comparecer'. Queria saber quem era aquele pastor que ousava me dar ordem. Cheguei ao culto e o pastor disse: 'Estava esperando a sua visita'. 'O que você quer comigo?'. Ele respondeu que era necessário me fazer uma proposta: 'Abra seu coração para Deus, Ele vai te dar a verdadeira liberdade, o amor que você perdeu com a partida do seus pais. Ganhará d'Ele um amor. Ágape, o verdadeiro amor de Deus'. Fiquei pensando: como ele sabia que havia perdido meus pais."

Deus havia surgido na vida daquele rapaz. E ele continuou a narrar a história com mais força de vontade:

– Dentro daquela cela fria fiz a oração mais sincera de toda minha vida. "Senhor, sei que não me tornei o homem que o Senhor projetou, estou longe de ser um cara perfeito, aliás, imperfeito é meu segundo nome. Durante minha vida toda fui uma pessoa revoltada, problemática, não pensava em ninguém, apenas em mim. E com essa atitude magoei e decepcionei as pessoas que se importavam comigo. Agora, nessa cela escura e fria, se realmente se importa comigo, envie uma pessoa que possa me ajudar a sair desse abismo".

"No dia seguinte fui para o culto da tarde e, para a minha surpresa, eu tive uma resposta à minha oração. Conheci uma obreira que estava com o pastor, e ela se dirigiu a mim, com as mesmas palavras da minha oração: 'Vou te ajudar a sair desse abismo'. Samira era o nome dela. Era tão doce e meiga que até dos olhos dela saíam ternura. Ela começou a dedicar seu tempo a me ajudar, orava comigo. Ganhei a minha primeira Bíblia com uma dedicatória linda escrita e doada por ela. Comecei a me esforçar em ser uma pessoa melhor, contava nos dedos os dias para vê-la outra vez. E, quando chegava o dia, era como se eu estivesse nascendo outra vez; ela me nutria de esperança. Também, para a minha surpresa, minha pena foi reduzida por bom comportamento e estava prestes a sair do presídio. Mas não tinha informado à Samira, então deixei um bilhete com meu companheiro de cela.

"Ao sair daquele presídio, mais uma vez me deparei com meu tio, prometi para ele que jamais iria desapontá-lo de novo. Falei que estava tentando me tornar uma pessoa melhor e iria passar a frequentar a igreja com ele. 'Só preciso de mais uma chance!'. E ele me disse: 'Jamais vou desistir de você!'. Quando cheguei em casa, minha tia falou: 'Me perdoe por toda a falta de amor. Naquele dia, quando saí com você no colo, não entendi, mas Deus estava colocando um filho nos meus braços já que eu era estéril. Porém, eu não soube amar e hoje reconheço o quanto fui dura com você'. Nos abraçamos e choramos muito. Eu também me desculpei por todas as palavras duras e por tudo que havia feito os dois passarem, até porque eles não tiveram culpa do falecimento dos meus pais. E assim liberamos o perdão.

"Não sabíamos se éramos nós ou meu tio quem estava mais feliz. Meu tio me chamou para o quintal, e fiquei pensando ser mais uma das nossas conversas difíceis, mas era um presente. No local das nossas conversar, ele havia construído uma casinha para mim. Eu entrei e abri a janela. Ele me disse: 'Fiz essa janela para você olhar para seus pais todos os dias'. Que cuidado lindo do meu tio e, acima de tudo, de Deus. Fui à noite para a igreja com meus tios e, quando estava entrando, veio uma mulher em minha direção. Era a Samira, linda, me abraçando e chorando. Ela dizia: 'Não acredito, Lorenzo, você está aqui'. Fiquei observando o culto e a mensagem foi do filho pródigo. Eu me vi naquela mensagem e algo batia no meu coração. Ouvia uma voz me dizendo: "É tempo de voltar!". Corri para o altar e me entreguei ao meu Redentor. Assim que chamo meu Deus!"

O rapaz estava muito emocionado, assim como todos os que ouviam.

– Três meses depois me batizei. Voltei a trabalhar com meu tio. Minha tia engravidou e meu tio é o homem mais feliz do mundo, tirando eu, é claro. Me casei com Samira e entendi que meu Redentor é especialista em novos começos. E estou aqui determinado a me tratar o quanto for necessário para vencer meus traumas diários; o vício é um deles. O que eu posso compartilhar com vocês é que, através de todas as burradas que cometi, entendi o verdadeiro valor da paternidade e achei minha identidade. Eu não sou órfão, eu tenho Pai. É Aquele que me conheceu antes de me colocar no ventre da minha mãe e hoje sou conhecido como filho de Deus.

Todos nós ficamos empolgados e aplaudimos. Após os aplausos, o mediador falou:

– Ei, posso te dizer algo? Não pense estar tudo acabado. **Se a vida te colocou um obstáculo, entenda que nosso Deus tem um plano perfeito para a sua história.** Não é o fim, e sim o começo de uma linda trajetória!

O mediador pediu para que entrassem os voluntários e nas mãos deles estavam vários envelopes de cartas, que nos foram estregues. Na frente, estava escrito:

**ESCREVA TUDO QUE PRECISA
SER DESCARTADO DA SUA VIDA.**

– No próximo encontro vocês precisam trazer essa carta com tudo aquilo que não precisa mais fazer parte da sua vida.

Fui para casa pensando nas coisas que precisavam ser jogadas fora da minha vida. Peguei o livreto e fui ver qual seria a próxima atividade:

> "Você já está chegando na parte final e está prestes a concluir as tarefas, mas há uma em especial.
>
> Seja ouvinte de alguém!
>
> Por muitas vezes só queremos falar e não damos espaço para outras pessoas se expressarem".

Já havia iniciado a atividade dando ouvidos à Sara, mas decidi ouvir mais. Pensei que seria fácil essa tarefa. Mas, na realidade, não era tão fácil. Assim fui percebendo que eu havia me tornado uma pessoa individualista e mal sabia dar oportunidade para as pessoas ao meu redor. Havia uma casca me envolvendo.

Segui com a vida. Marquei uma mamografia com a minha médica de anos e mal sabia se ela tinha família. Quando cheguei no consultório, falei com ela:

– Bom dia, doutora Liz, você pode me achar um pouco doida, mas estou participando de um grupo que está me ajudando com a partida do meu filho e me ensinado vencer o luto. Estou com atividades diárias a serem realizadas e uma delas é ser ouvinte. Queria saber um pouco de você.

Logo em seguida ela começou a falar:

– Deixa eu falar um pouquinho sobre mim. Se me perguntassem meus pontos positivos e negativos, eu já teria tudo na ponta da língua. Sou focada. A frase que levo para vida é "Quem não tem objetivo fica perdido". Sou seletiva ao extremo. Águia voa, não se rasteja. Por isso, para andar comigo, precisa ter propósito. Estudiosa sempre, trato meus estudos como remédio, no gosto até é amargo, porém preciso. Levaria horas falando das minhas qualidades, não é arrogância da minha parte, são fatos; e contra fatos não há argumentos.

"Entretanto, por ser assim, acho que ninguém gosta de mim. Tímida, introvertida, antissocial, perfeccionista, metódica, até de chata já me chamaram. Isso é devido a não me sentir bem em determinados lugares. De longe já dá para perceber que é algo que eu preciso melhorar. Estava no último período da faculdade de medicina. Precisei me mudar para o interior do estado do Rio de Janeiro, Itaperuna é o nome da cidade. Meus colegas de turma, todos os fins de semana, se reuniam para fazer suas orgias regadas a bebidas, e eu, como sempre, excluída.

"Tenho minhas convicções, não sou a favor. Minha opinião é a de que vim ao mundo não para ser usada, e sim para ser amada e respeitada. Não fico em lugares que não me fazem bem para agradar alguém. Tenho senso crítico, não sou influenciada. Lembro como se fosse hoje minha mãe dizendo: 'Filha, diamante na mão de um cego se torna uma pedra qualquer, mas na mão de um lapidador, encontrará seu verdadeiro valor'. Enquanto eles estavam nas suas festinhas, minha rotina se resumia em estudar, escrever no meu diário e ir aos cultos sabáticos. Era o dia que eu consagrava a Deus. Até porque nasci em berço evangélico e tenho a Bíblia como minha regra de fé e prática. Só assim não me sinto completamente solitária."

Mais uma vez Deus aparecia nas histórias que eu ouvia. E, para cumprir a tarefa, eu prestava atenção, presa ao relato.

– Preciso relatar o que me aconteceu, foi algo extraordinário. Em uma linda manhã de sábado, o sol invadia o meu quarto com tanta intensidade. Abri as janelas e olhei para o leste e pude contemplar a imensidão de luz que continha em seus raios. Falei: "Seja bem-vindo, sol da justiça, pode brilhar". Fui fazer minhas tarefas diárias, pois minha mãe dizia que a mulher deve ser prendada. Senti algo diferente em meu ser, era um sentimento tão bom. Acho que se resume na palavra gratidão. Depois de deixar tudo organizado, me arrumei e fui para a igreja. Precisava agradecer por todos os benefícios. Meu coração estava totalmente voltado à adoração. Os louvores sendo entoados e eu fora de órbita. Meu espírito entrelaçado com o sagrado em um plano elevado. A alegria somatizada ao quebrantamento. Me senti ofertando tudo que havia em mim por dentro, nunca vivi nada igual, totalmente surreal.

"Ao fim do louvor, o pastor chamou o pregador. Olhei para ele e, por uma questão de segundos, nossos olhares se conectaram. Fiquei com tanta vergonha, abaixei a cabeça e permaneci sentada. Vai que ele fosse casado, noivo ou tivesse namorada. Logo veio em minha mente "Sentença: Liz condenada". Fiquei quietinha para ouvir a mensagem. Ele pediu para que abríssemos a Bíblia no livro de Provérbios 31:10. Mulher virtuosa, quem a achará? Ele disse: 'Aprenda a se valorizar, pois quem não se valoriza perde seu valor'. Gente, foi a melhor pregação que ouvi na vida.

"No fim do culto, o pastor falou que Daniel era o nome do pregador e ele estava garimpando para achar sua pedra preciosa. Fiquei aliviada, não me senti mais culpada. Ao término, Daniel estava na porta da igreja cumprimentado as pessoas. Ele disse 'Vai com Deus' e apertou a minha mão. Meu coração acelerou, minhas mãos ficaram suadas e minhas bochechas, rosadas. Fui para casa e não consegui parar de pensar nele. Fechava os olhos e só vinha a minha mente o quanto ele era perfeito. *Será que vamos nos ver novamente?* A pergunta era evidente em meu ser. Nem queria lavar minhas mãos depois daquele apertão. Até que falei comigo mesma: 'Acorde, Liz. Desperte, menina. Volte para a realidade. Só faltava isso: desenvolver um amor platônico agora'. Voltei para a realidade. Precisava me dedicar a minha rotina diária, visto que estava no término da faculdade.

"Sou muito regrada e aplicada. Após a faculdade, rumo à especialização. Era só o início da minha jornada. Já estava tudo planejado. precisava passar na residência. "INCA, me espere! A doutora Liz está chegando'. Me dediquei muito aos meus estudos, porém, nos sábados, nutria a esperança de ver o Daniel. Foram meses chegando à igreja com o coração cheio expectativas e, quando olhava para o altar, nada de achar o amor da minha vida. Novamente surtei. Falei comigo mesma: 'Você está na casa de Deus procurando por outra pessoa, com quem você marcou encontro hoje? Doutora Liz, pare de ser assim'. Deixei minha paixonite de lado e fui desfrutar do melhor que estava sendo ofertado para mim naquele momento. Após o término daquele culto memorável fui para casa".

E a doutora continuou:

– Os meses se passaram e chegou o dia esperado. Enfim, a minha formatura. Data e local marcado. Por incrível que pareça, foi agendada para um sábado. Antes de tudo, passei na igreja para agradecer. Não havia sido fácil; quantas noites de sono perdida, horas de estudo. Na verdade, me excluí de tudo. Alegria, gratidão... Eram tantas emoções. Sentei, orei, agradeci e chorei!

"Até que uma obreira me perguntou se eu queria uma oração. Eu disse: 'Oração nunca é demais, minha querida. Aliás, gostaria de ofertar esse culto em ação de graça pela conclusão da minha faculdade'. Ela perguntou: 'Se formou em o quê?'. 'Medicina', respondi. Ela escreveu meu nome e entregou nas mãos do pastor. O pastor anunciou: 'Gostaria de dar ações de graças pela vitória da nossa amada doutora Liz, esse é o nome da abençoada'. E, em seguida, ele completou sua fala com um ato que me deixou emocionada. 'Daniel, com a oportunidade, ore pela Liz. Hoje é sua formatura e ela quer oferecer esse culto em ação de graças. Pode chamá-la de doutora Liz'.

"Não tinha percebido que o Daniel estava no culto. Meses se passaram desde aquele encontro inusitado, nem sei se posso assim chamar. Me convidaram para ir lá na frente, mas não consegui, parecia que minhas pernas estavam travadas. Até que Daniel falou: 'Venha, doutora Liz, preciso orar por você'. Fui devagar, suando frio, mas fui. Tudo contribuía para que eu chegasse lá na frente. Fechei os olhos e fiquei naquele lugar; era um silêncio e eu com borboletas na barriga esperando ansiosamente o primeiro ruído. Enfim, o som dos lábios dele. A oração era como uma trilha sonora para os meus ouvidos, parecia que eu havia sido alcançada pelas belas palavras. Era exatamente como se eu estivesse por muitos anos escondida e, por intermédio delas, fui achada.

"Precisei sair antes do término do culto para não me atrasar para a formatura. Quando eu estava saindo, o Daniel falou: 'Vai com Deus, Rubi'. 'Você deve estar enganado, meu nome é Liz'. E a réplica dele foi: 'Sua beleza supera a das pedras preciosas'. Entendi que ele havia me chamado de mulher virtuosa. Até me enrolei com as palavras. Mas fui correndo, pois o carro me esperava. Olhei para trás e Daniel acenou com um ar de despedida; ele desapareceu à medida que o carro seguia.

"Pronto, cheguei à formatura e que linda festa. Contemplei toda aquela ornamentação, muito além da minha expectativa. Era mais uma etapa concluída. Meus familiares já estavam aguardando meu nome ser citado. Como estavam orgulhosos e o olhar dos meus pais era impossível de decifrar. Acho que eles estavam realizados por mim. Mesmo assim, estava me sentindo isolada, era esquisito, mas queria tanto que o Daniel estivesse ali comigo. Falei para mim: 'Pare de ser maluca, garota, você só viu o Daniel duas vezes. Volte para realidade agora'. E voltei."

Parecia uma história de amor e eu estava cada vez mais interessada em ouvir cada detalhe.

– O próximo passo era concluir a residência. Precisava ser uma médica com excelência. Votei para o Rio de Janeiro. Minhas rotinas passaram a ser cada dia mais intensas; estudo, trabalho. Em tudo o que me empenhava a fazer surtia um bom resultado. Nutria um carinho tão grande com a minha profissão. Minha mãe, sempre com orgulho, chegava ao consultório e não conseguia esconder sua alegria. Falava para todos para quem tinha oportunidade: "A doutora Liz é a minha filha". E não parava. "Ela precisa se casar". Eu pedia para ela parar. Mas quem disse que ela parava? Para não ficar totalmente constrangida dizia: "Já sou casada com a medicina". Não tinha tempo para pensar nessas coisas, meu trabalho exigia dedicação exclusiva. Terminei a residência e passei a atender pacientes oncológicos em meu consultório. Tantos pacientes que até perdi a conta. Todos tratados com muito amor e carinho por mim, é claro.

"Em uma tarde de segunda-feira fui surpreendida com uma paciente. A maioria dos meus clientes chegam ao consultório com uma postura deprimente. Mas a Dona Neusa era diferente. Mesmo com seu diagnóstico negativo, fazia da sua dor algo positivo. Nos dias de consulta, ela chegava com um sorriso e um brilho no rosto, falando que deveríamos ser gratos por estarmos vivos. E concluía com seu bordão: 'Doutora Liz, não se esqueça, há enfermidades que não são para morte e muito menos para que eu pereça, e sim para que Ele cresça'. Falava o tempo todo que Deus era especialista em fazer milagres. Resumindo: Dona Neusa era uma mulher de fé.

"Parecia que a quimioterapia dela era misturada a outros componentes, sua postura ao tratamento fazia dela uma pessoa única. O tempo foi passando e ela ficou um pouco mais debilitada, precisou ir às consultas acompanhada. Era conduzida pelos seus filhos e netos. Quando terminou o último ciclo da quimioterapia, disse: 'Na consulta de revisão, quem vai vir comigo é meu caçulinha, um tesouro de menino. Ele terminou o seminário e agora está mimando sua mãe um pouquinho'. Disse a ela que seria um prazer conhecê-lo.

"Então, após dias, chegou o dia da consulta de revisão da Dona Neusa. Ela bateu à porta e eu pedi para que entrasse. Examinei a mama dela e fiquei satisfeita com a evolução do quadro. Perguntei se ela não havia trazido os exames de imagens. Mas ela relatou que era para eu aguardar um pouco que em breve seu filho iria trazer. Fiquei esperando e não demorou muito ele bateu à porta. Quando ele a abriu, para a minha surpresa, era o Daniel. Foi a consulta mais confusa que eu já fiz, até os exames olhei de cabeça para baixo. Ela percebeu que estava acontecendo algo. E ele, para me deixar mais desconcertada, disse: 'Bom dia, Rubi!'. Dona Neusa falou: 'É doutora Liz, Daniel'. Ele explicou para Dona Neusa que sabia muito bem quem era eu. Ela, toda confusa, começou a perguntar se já nos conheciámos."

A doutora estava muito empolgada ao relatar esse momento, e eu sentia a emoção dela. Estava feliz em ser sua ouvinte.

– Nós dois falamos ao mesmo tempo que sim. Ela perguntou se eu era a doutora dele. Gente, como fiquei com vergonha. Daniel pediu para Dona Neusa ficar quieta para eu não ficar constrangida. As palavras da Dona Neusa haviam me deixado tão feliz, dizendo que orava por mim todos os dias e agora sabia que pedia a Deus por mim duas vezes, pela doutora e pela nora. E não parou por aí. "Duplamente abençoada, doutora Liz. Sabia que o Daniel está te aguardando?". Ela comentou que seu filho estava esperando em Deus e quando me viu entendeu que eu era o amor de sua vida. Não era só minha mãe que queria me ver desencalhar, Dona Neusa também era casamenteira. Daniel, pedindo que a mãe parasse de revelar suas intimidades, disse: "Vai que ela está casada". Contudo, eu não queria que ela parasse, era muito bom me sentir amada. Fiquei em silêncio, totalmente chocada. Depois daquela consulta, trocamos os números de telefones e nos despedimos. Daquela vez, ele me beijou no rosto. Acho que sentiu as batidas do meu coração ao tocar nas minhas mãos.

"Fui para casa. A primeira coisa que fiz foi contar tudo para minha mãe, é claro. Ela ficou empolgada, já dizia que eu estava encalhada. Antes de dormir, ouvi um barulho de mensagem. Era o Daniel, nunca havia recebido uma mensagem assim. 'Esperei tanto por este dia. Enquanto te esperava, te amava. E na minha alma a sua já estava anelada. Te esperaria até o término dos meus dias só para me alimentar no último suspiro dos seus sorrisos'. Li essas palavras até dormi. No dia seguinte, acordei com outra bela mensagem: 'Bom dia. Acordei, contemplei a criação de Deus, a luz do sol e o azul do céu, mas nada se compara com a perfeição de desenhar você, minha preciosa'. Então, eu retribuí: 'Tenha um lindo dia'.

"Foi a minha deixa para iniciarmos conversas longas e apaixonadas por horas. Marcamos nosso primeiro encontro.

Agora era oficial. Parecíamos dois adolescentes andando no shopping de mãos dadas. Respeitamos todas as etapas, namoramos, noivamos e casamos. Fomos presenteados com uma bela filha, na qual colocamos o nome de Esmeralda."

Eu nem percebi o tempo passando. E a doutora, então, concluiu:

– Você deve estar curiosa sobre a saúde da Dona Neusa. Está curada. Para a medicina, foi a quimioterapia; para nós, foi milagreterapia! Eu sou a mulher mais amada do mundo e Daniel é tudo que eu pedi para Deus.

– Que linda história de amor, doutora Liz – eu disse, surpresa por ser ouvinte de alguém que conhecia há mais de dez anos, porém superficialmente.

Passei a me sentir íntima dela, pois havia se sentido confiante em compartilhar sua vida comigo. Logo depois fui fazer meu exame e, graças a Deus, tudo estava certinho comigo. Despedimo-nos como se fôssemos amigas de infância e me senti como se tivesse ganhado um presente.

Com todo o carinho, ela me disse:

– Ei, posso te fazer uma pergunta? Você sabe o seu valor? És muito mais valiosa do que qualquer pedra preciosa, sua essência supera a do rubi. É a mulher mais virtuosa. Aprenda a se valorizar.

Saí, assim, do consultório com a certeza do meu valor.

Como a minha vida ganhava um novo rumo, estava com a minha agenda lotada; não existia mais espaço para sofrimento. Decidi ampliar o antigo quartinho do Dudu para poder colocar também uma máquina de costura e fazer um banheiro à parte. Fui à loja de material de construção para comprar algumas coisas que o pedreiro havia me pedido e me deparei com o dono falando o que havia acontecido com ele. Outra vez me fiz de ouvinte.

– Em minha mente a única coisa que conseguia pensar era como fazer para ganhar mais dinheiro. Eram pesquisas e mais pesquisas estudando o mercado financeiro. Consegui entrar em contato com alguns investidores que me deram uma consultoria. Decidi marcar uma reunião presencial, estudei algumas possibilidades. Precisava aplicar meu dinheiro em algo rentável. A primeira possibilidade era enviar para um banco suíço. Seria até bom, mas não era suficiente, queria mais. Da ideia de expandir minha empresa de construção civil não gostei, devido ao retorno ser em longo prazo e eu precisava de resultado imediato. O mercado imobiliário estava em uma crescente, mencionada por um dos consultores. A outra possibilidade sugerida era explorar o minério de ferro. O interior minero seria o lugar mais assertivo, geograficamente falando. Resolvi fazer uma pesquisa de campo. Agradeci aos meus colegas pelo esclarecimento e estava decidido a investir boa parte das minhas finanças.

"Ao chegar em casa conversei com minha esposa e a convidei para ir comigo a Brumadinho, interior de Minas Gerais. Ela comentou que não suportava o campo e já tinha agendado um procedimento estético para a sexta-feira, data que eu havia marcado para irmos. Pedi para desmarcar e, mesmo contrariada, ela acatou minha petição. Como era difícil lidar com ela, tudo devia ser da forma que ela queria. Só vivia nesse mundo fútil, gastar dinheiro era seu maior prazer. Chegado o dia da viagem, apressei ela para sairmos logo. Na vida, não temos tempo a perder, tempo é dinheiro. Cronometrei o relógio, estava tão afoito em chegar logo que não me atentei ao trajeto. Conclusão: estávamos perdidos na estrada. Minha esposa não parava de falar: 'Eu deixei de aplicar botox nas minhas linhas de expressão e você me trazendo para lugar nenhum. Quero comer. E quero água. Cadê aquela que eu gosto gaseificada? Estou com dor, já estamos há horas e nada'. Eu tentava fazer com que ela se calasse, disse inúmeras vezes: 'Não estou aguentando mais ouvir sua voz'. Parecia uma goteira em um dia chuvoso. Ela estava irritada porque eu a havia levado para aquele fim de mundo; na verdade, nem sei se não é o início. Eu dirigindo e ela falando; mato de um lado, colina do outro, estradas infinitas e nada de civilização.

"Não aguentei, foi mais forte do que eu, tive um rompante de fúria. 'Fecha essa matraca, cala essa boca agora. Só pensa em você. Eu preocupado com coisas importantes e você olhando para seu umbigo?'. Eu queria chegar logo, pensava no desperdício de gasolina. Ela debateu que só pensava em si e eu só pensava em dinheiro. Para ela viver queimando dinheiro era preciso alguém ganhar, pois não gostava de trabalhar. Depois de já estar dirigindo por quilômetros, avistei uma placa: 'Bem-vindos a Pirenópolis, uma cidade de 500 mil habitantes'. Minha mulher leu e começou a debochar: 'Nem o menor distrito de São Paulo tem essa quantidade de pessoas'. Estacionamos o carro, e ela não queria descer. Abri a porta e pedi para que descesse. Com uma expressão de raiva, ela desceu, parecia que estava obrigada. De certa forma essa era a verdade."

Segui prestando atenção para ver que final diferente aquela história teria.

– Começamos a procurar um hotel para passarmos a noite, queria ser positivo e olhei ao redor. Até que ela falou: "É totalmente impossível achar um lugar para dormir nesse fim de mundo. Vamos dormir no carro, é a nossa melhor opção". Entramos em uma quitanda com a finalidade de comprar algo para comer, perguntei para o dono se conhecia algum lugar para passar a noite. Falei que estávamos perdidos e que amanhã pegaríamos a estrada rumo a Brumadinho. Com todo o sotaque mineiro, o homem falou: "Oia, está muito longe, uai! Aqui em Pirenópolis ninguém dorme ao relento sô!". Não dava nem para decifrar a fisionomia da minha mulher, mas deu para ler o pensamento dela reprovando a possibilidade de dormir na casa de um homem humilde como o Bastião. Esse era o nome dele.

"Esperamos ele fechar o comércio, comendo um bolinho de milho com um cafezinho. Parece hilário: ele pegou a charrete e me pediu para segui-lo. Novamente, a Cecília soltou as pérolas dela: 'Como seguir se está andando a cinco quilômetros por hora? Imagina! A casa dele deve ser terrível'. Não dei mais ideia para ela. Enquanto ficava lamentando a falta do travesseiro de pena de ganso e lençol de algodão egípcio, eu passei a observar a natureza perfeita daquele lugar. Eu vivia na selva de pedra de São Paulo e estava comparando-a com Pirenópolis, que era só vegetação, ar puro e natureza. Quando comecei a observar a paisagem, a voz dela ficou cada vez mais longe, ao ponto de não escutar nem um som.

"Naquela estradinha de barro fui contemplando a criação divina: sol intenso, céu azul, árvores frutíferas, riachos; pareciam pinturas vivas. Dirigi por uns vinte minutinhos e chegamos. Que recepção maravilhosa! A esposa do Bastião veio ao nosso encontro com um lindo sorriso. Olhei ela de cima a baixo e foi inevitável não admirar tamanha beleza, naturalmente linda. Morena, mais ou menos um metro e sessenta de altura, cabelos castanhos até a cintura, olhos brilhantes e expressando uma alegria em nos receber. E o carinho com o Bastião foi admirável, perguntando como havia sido o dia dele. Percebi realmente que ainda existia amor verdadeiro. Não que minha esposa não me amasse, mas acho que o relacionamento com meu dinheiro era mais intenso.

"Despertei daquele momento nostálgico com o Bastião pedindo para a Estela botar água no feijão que havia visita.

Ela, com toda a hospitalidade possível, demonstrou a satisfação de nos receber em sua casa. Pediu para entrarmos e foi logo dizendo que em breve o jantar estaria pronto. Fui entrando e observado cada detalhe. Em modo comparativo, fiquei pontuando. Primeiro, a limpeza; como uma casa tão humilde poderia ser tão limpa e organizada? As panelas brilhando, pareciam um espelho. Nem meu flat no Guarujá, no qual só ia duas vezes no ano e ainda com empregada, era limpo como a simples casa de pau a pique do Bastião. Depois foi a vez de observar os tapetes de fuxico na entrada da porta; que delicadeza! Nossa casa era decorada pelo melhor designer de interiores do sudeste. Ela ainda nos deu toalhas limpas e pediu para tomarmos banho, pois o jantar já estava pronto."

Estava encantada por como o homem descrevia a simplicidade do local e comparava tudo a sua vida rica. Parecia uma lição de vida.

– Minha esposa estava vivendo horas de terror, e eu desfrutando daquela experiência única. Estela tomando banho foi hilário, pois estava acostumada a tomar banho na banheira com sais, essências importadas, temperatura de trinta e cinco e quarenta graus. Precisou se conformar com uma água extremamente gelada que caía de um cano improvisado, conduzido de uma água da nascente do quintal. Eu, da porta, só ouvia os gritinhos dela. Depois foi minha vez de entrar no banheiro. Entrar debaixo daquela água, a princípio, foi uma tortura, mas depois o corpo foi acostumando. E quando o banho acabou me senti renovado, disposto, pronto para outra.

"O cheirinho de tempero da comida invadia toda a casa, e foi a vez de desfrutarmos da refeição mais saborosa que fiz na vida. Comida na lenha com um cardápio variado: arroz branquinho, feijão fresco, carne de porco, farofa, torresmo, banana frita, couve e de sobremesa doce de abóbora. Não conseguia parar de comer, parecia compulsivo. O suco de laranja nem precisava de açúcar de tão doce que estava.

"Estela, conversando com a Cecília, perguntou como era a vida na cidade e a resposta dela foi: 'É oposta à vida no campo. Aqui não se tem pressa para nada, o povo é tranquilo, desfruta do tempo. Lá parecemos que andamos contra o tempo, correndo a todo instante. É engarrafamento em toda parte, filas e mais filas, buscamos com muita ânsia dinheiro e nunca estamos satisfeitos; é competição de quem tem mais. A beleza é padronizada, precisamos agradar. Se você estiver fora dos padrões, não serve, passa a ser ridicularizado. É muito difícil ser verdadeiramente feliz. Por isso fingimos a todo tempo, para tentar convencer as pessoas e, por muitas vezes, nos perdemos nesse caminho longo e interminável.

"E no final da sua fala, disse algo que me deixou reflexivo: 'Lembra-se, amor, da nossa viagem para Maldivas? Fiz uma lipo para parecer magra nas fotos, comprei roupas de praia exclusivas, postei várias fotos sorrindo, e você só saía da frente daquele computador para fotos. Foi a pior viagem da minha vida, mas, para as pessoas conseguimos passar uma imagem de férias perfeita. Na nossa cidade é assim, vivemos uma ficção'. Pela primeira vez, ela havia conseguido falar o que realmente sentia. Para a minha surpresa, ela não era tão fútil como eu imaginava. Então, completei a fala dela: 'Foi necessário eu trabalhar naquela viagem, o dólar estava em queda e poderia perder muito dinheiro investido.'"

Aquele parecia ser um ponto de reflexão para o dono da loja. Mas continuei calada e esperei que seguisse com a narrativa.

– O Bastião, com toda a sabedoria, me perguntou se a felicidade da minha esposa tinha preço. E eu caí na realidade. Ganhei um bom dinheiro e o valor a ser pago foi a insatisfação da Cecília. Quantas vezes me comportei daquela forma com a minha esposa? Éramos casados havia quinze anos, ela queria ser mãe e eu achava ser cedo demais para ser pai. Não conseguia olhar para ela, na verdade, me descobri como individualista nessa conversa com pessoas mais simples, entretanto, de uma tamanha sabedoria. Entendi que precisava ter aquele choque de realidade. Cecília teve a oportunidade de se expressar. Meus conceitos estavam indo de rio abaixo. Os anfitriões pareciam psicólogos da vida real.

"Fomos dormir. Eles colocaram uma esteira e cobertas de retalhos, mas o conforto era imenso. Pedi para Cecília se deitar nos meus braços, fiz um cafuné nela como não fazíamos havia muito tempo. Já tinha esquecido o sabor do seu beijo e nossos lábios se encontraram com uma ternura mágica, e dormimos abraçados.

"Na manhã seguinte acordamos com o despertador natural, é claro, o bendito galo. Por incrível que pareça, Estela já tinha feito bolo e café; a mesa estava posta nos esperando. Sete horas da manhã, não estava acostumado com aquilo. Lá em casa Cecília, acordava às onze horas para dar ordem às empregadas e reclamar. Tomamos o nosso café da manhã, Bastião já estava trabalhando na sua horta, fui até ele e puxei assunto: 'Nossa, Bastião, que terra fértil! Dá de tudo um pouco: frutas, hortaliças, legumes... Já pensou em expandir sua plantação? Você tem tudo para se tornar um grande agricultor. Quantos hectares têm suas terras?'. Estava muito empolgado com a possibilidade de fazer uma consultoria para ele. Mais uma vez, no entanto, o homem me deu um banho de água fria. 'Minha paz não tem preço', respondeu o Bastião. 'Sou satisfeito com minha medida recalcada, sacudida e transbordante. Tenho mais que mereço e, a propósito, nada aqui tem preço. Meus pais morreram dando seu sangue nessas terras e hoje honro a memória deles cuidando da herança que me deram. Vocês da cidade têm umas manias esquisitas, acham que tudo está posto à venda'. Fiquei sem argumento, nada que eu falasse ia convencê-lo naquele momento e entendi o quanto ele tinha razão."

Assim como eu, o dono da loja havia tido um choque de realidade. Contudo, pela sua expressão, ainda havia mais pela frente. Então, permaneci calada.

– Fui saindo de fininho e quando entrei na sala Cecília já estava me esperando pronta para partimos. Nos despedimos de Bastião e de Estela, entramos no carro, buzinamos e fomos seguindo de mansinho. Pude ver realmente o verdadeiro valor da vida. Novamente, comparava minha vida à de Bastião. Eu tinha uma mansão, vários carros importados na garagem, um flat, apartamentos, uma empresa, dinheiro aplicado e muitos outros bens; minha fortuna está estimada em mais de cem milhões de reais. O Bastião possuía uma quitanda, uma charrete com um pangaré, a casa de pau a pique e uma plantação de subsistência; mas o valor de suas posses era inestimável. O saldo não batia, ele parecia ser muito mais rico do que eu. Minha esposa siliconada, com roupas de grife, joias, era muito artificial. Nem sei o que restaria se a desmontasse, e sabia que tinha uma parcela de culpa na pessoa irritante, individualista e fútil que ela havia se tornado. Já Estela era simplesmente linda, natural, delicada, caprichosa, sábia e amorosa. A minha conclusão foi que eles eram ricos de coisas que o dinheiro não pagava. Agradeci a Deus pela oportunidade de conhecer aquele lindo lugar com tantas lições a passar e por aquele casal admirável.

"Pegamos a estrada e já estávamos indo em direção a Brumadinho, até que tomei uma atitude. Falei para Cecília que era hora de voltarmos para São Paulo e retomarmos a nossa vida. Ela parecia tão feliz com a minha atitude que me deu um beijo. Voltamos fazendo muitos planos para o futuro: filhos, viagens (a passeio, e não a trabalho) e visitas à família que havia tempos estava esquecida. A conversa estava tão agradável que o trajeto parecia ter sido encurtado. Chegamos em casa, tomamos um belo banho e dormimos por horas. Quando acordamos e ligamos a televisão para ver o jornal, a notícia era 'Barragem da mina Córrego do Feijão se rompe, causando a morte de 272 pessoas'. Fiquei apavorado, pois era exatamente o lugar para onde iríamos. Meu Deus, seríamos 274 no total.

"Meu telefone tocou e atendi. O Bastião tinha ficado sabendo do ocorrido e conseguiu me ligar pelo orelhão na praça de Pirenópolis. 'Como vocês estão? Ficamos muito preocupados. Quando saíram, eu e Estela oramos para Deus protegê-los na viagem. Ele tomou a boca dela para falar que estava entrando com livramento para a vida de vocês e a partir de hoje o Deus de vocês não seria mais o dinheiro, e sim o Deus verdadeiro'. Recebi aquelas palavras e decidi doar a minha vida a Ele. Cecília estava aos prantos ouvindo nossa conversa.

"Entregamos ao Senhor toda a nossa existência. Seja grato, valorize o que não tem preço, enriqueça das coisas que o dinheiro não pode comprar. Qual é o seu Deus? Você tem direito de escolha, entretanto, minha sugestão é que se decida pelo verdadeiro. 'O anjo do Senhor acampa ao redor dos que o temem, e os livra', é o que diz o Salmo 34:7."

- ◆ -

– Gente, esse Deus é mesmo real – eu disse e comprei o que eu precisava.

Ao chegar em casa, meu filho Arthur me chamou para conversar. Falou para mim que estava gostando de uma menina e precisava da minha ajuda para agradá-la. Eu perguntei se conhecia a menina, e ele me surpreendeu dizendo ser Sara, a minha primeira aluna. Falei para convidá-la para um jantar. Como meu filho ficou animado! Eu via minha casa voltar para o lugar, não era mais sombria, voltava a ser alegre. Meu peito se encheu de gratidão. Fui para o quarto e escrevi no meu livreto as atividades executadas e depois peguei a carta. Iniciei meu desabafo.

> "Nestas singelas palavras gostaria de lançar fora toda a angústia existente em meu peito, toda a mágoa e a insatisfação com a minha realidade. Não consigo mudar meu passado e muito menos trazer meu filho de volta, por isso desejo que saia de mim agora essa dor.

Que seja lançado no mar do esquecimento todo o meu arrependimento.

Me perdoe, meu Deus, por ter negligenciado a minha família, desculpe-me pelas inúmeras vezes que pedi para tirar minha própria vida. Que toda a ingratidão que preenche meu peito seja retirada de uma vez por todas.

Não posso me sentir culpada, preciso ser liberta de todas as lembranças indesejadas. Que por meio desta carta, sele entre nós uma reconciliação. Preciso novamente ter o privilégio de ser chamada de sua filha.

A única palavra sensata a dizer é 'Perdão'!"

Deitei minha cabeça no travesseiro e senti uma paz no meu coração. Naquele momento, percebi que estava tendo mais uma chance de viver.

Em uma esplêndida manhã de domingo, levantei bem cedinho e planejei todo o dia da nossa família. Primeiro, fiz um belo café da manhã. Mesa posta; até uma florzinha peguei no quintal para enfeitar, mas o que estava mais belo era a comunhão. Risadas, brincadeiras, meus filhos como sempre implicando um com o outro, meu esposo falando que estava ficando mal-acostumado com tanto agrado.

Depois do café, fomos ao mercado comprar carne para o churrasco. Foi o nosso almoço de domingo. Arthur trouxe sua namorada. E que almoço agradável! Depois da sobremesa que minha filha fez, resolvi chamar minha família para ir ao culto. Ninguém queria me contrariar, pois viram que eu estava me empenhando para mudar.

Meus vizinhos tinham comentado que um tal de pastor João havia acabado de inaugurar uma das suas igrejas bem pertinho da minha casa. Ele era conhecido por ser o arquiteto de Deus e sua igreja era linda e cheia do poder do Espírito Santo. Arrumamo-nos e lá estávamos nós, deslumbrados com a arquitetura daquela igreja.

O pastor João subiu no púlpito pegou o microfone e falou:

– Vocês sabem por que sou chamado de João, o arquiteto de Deus?

Pensei ser devido à igreja fabulosa, mas não era somente por isso. Ele começou a relatar:

– João, o arquiteto de Deus. Prazer, esse sou eu. Vou compartilhar com vocês um pouco do que minha mãe conta sobre a minha vida. Era uma noite de sexta-feira quando tudo começou, há exatamente trinta e cinco anos. Ela recebeu uma ligação de uma amiga missionária, o nome dela era Ana. Dizia para colocar uma saia que estaria passando para buscá-la para juntas irem a uma vigília na igreja do pastor Cleílton. A princípio, ela hesitou em ir, mas depois acabou aceitando, pois não teve escolha. Missionária Ana ficou batendo em seu portão. Ao abri-lo, dizia: "Mulher de Deus, precisei vir te buscar, você acha que enquanto dorme o seu marido vai se converter? E essa madre se abre como? Meu pai estava trabalhando, pois era vigia noturno e ela ligou para ele e comunicou. Não se esqueça que Samuel só foi gerado através da busca. Pedi, dar-se-vos-á; buscai e achareis". E ainda terminou assim: "Vamos para a peleja, Martinha". Ela estava tão fraca espiritualmente que só queria o sossego do seu quarto. Mas, com uma amiga dessas, era impossível ficar isolada.

"Ao chegar à igreja, o culto era cheio da glória de Deus. Eram rajadas e mais rajadas de glória com aleluia. Pandeiro, tantã e corinho de fogo. Elas aproveitaram para marchar com o varão. Até que surgiu uma senhorinha de coque e foi exatamente em direção à minha mãe. Olhe que ela disse que naquela igreja havia mais de duzentas pessoas. Mas, quando vem da parte de Deus, pode ter um milhão de pessoas e Ele escolhe uma. E essa uma era a minha mãe. Era uma autoridade a senhorinha. Minha mãe ficou arrepiada da cabeça aos pés. Contou que ela botou a mão na barriga dela e profetizou: 'A partir de hoje, contam os dias para você dar à luz, ele se chamará João e vai marcar sua geração. Ganhará muitas almas para meu reino. Nas mãos dele colocarei a minha unção e em tudo que tocar haverá multiplicação'. Ela ficou totalmente atônita e só fazia chorar. A Miss Ana a abraçou e as duas foram envolvidas pelo poder de Deus. Já era de manhã e elas não queriam sair de lá. Ao término, foram cantando, gritando, sorrindo; acima de tudo, cheias de esperança.

"Miss Ana deixou minha mãe em casa e meu pai já a esperava. Ela contou o que havia acontecido e ele esboçou um sorriso. Disse: 'Já faz dez anos que estamos casados, não nos prevenimos, mas se você estiver esperando um bebê, eu passo a ser crente com você'. Dito e feito, não é que ela estava me carregando no ventre? Fez o teste só para confirmar e a primeira coisa foi comunicá-lo. 'Parabéns, papai!'. Ele a olhou com um olhar assustado e logo em seguida ela mostrou o resultado. Com o resultado na mão, meu pai não sabia o que fazia, foi um tal de pegá-la no colo, passar a mão na barriga, beijá-la. Engraçado eu falar assim do meu nascimento, mas minha mãe repete tanto essa história que já ficou gravado."

Havia risos abafados e sorrisos na boca daqueles que ouviam o pastor, sempre com muito respeito. Então, ele continuou:

– Vamos voltar aos relatos. Meu pai se pronunciou: "A partir de hoje, vou ser referência para o meu filho". Eles começaram a caminhar juntos. Imagine um casal feliz, esse eram os meus pais. Vim ao mundo cheio de saúde, um meninão. Minha mãe, como não havia se esquecido da profecia, me registrou com o nome João. Fui crescendo cheio de determinação, tudo que fazia era com perfeição. Eu tinha um lindo dom para desenhar, mas não era nada comum para uma criança de cinco anos de idade. Lembro-me como se fosse hoje do meu primeiro desenho, era uma linda mansão com pilares. Interessante que as janelas eram posicionadas para o leste, onde o Sol nasce, para aproveitar a luz solar. As pessoas ficavam abismadas com tanto talento. Muitos achavam que eu copiava de algum lugar. Porém, a originalidade é impossível plagiar.

"Nem sei quando comecei a falar que iria me tornar arquiteto, acho que foi com uns sete anos. Minha mãe dizia: 'Você não se acha muito novinho para dizer o que vai ser quando crescer?'. Contudo, eu era totalmente diferente de outras crianças. Já sabia o que queria, planejar fazia parte da minha rotina. Minha mãe, para não perder a oportunidade, falava: 'João, você pode até fazer planos, mas que deve dar a direção é Deus'. Entretanto, para mim, tudo já estava planejado.

"Passei na faculdade pública em diversos cursos. E adivinhem qual foi o escolhido? Arquitetura! Antes de concluir a graduação, abri a primeira empresa. E era só o início de uma bela carreira. Minha mente era brilhante, nem sei explicar como surgiam aqueles desenhos. Fui me tornando cada vez mais reconhecido pelo meu ofício. Aos domingos, era dia de almoçar com a família. E não podia botar o pé no quintal que minha mãe dizia: 'Filho, não se esqueça da profecia'. Era a mesma coisa todos os dias. 'Mãe, já planejei toda a minha vida e não há espaço para mais nada. Sou uma boa pessoa e para mim a caridade é o que importa, aliás, Deus é amor! Já parou para pensar quantas famílias eu sustento. Procuro ser um excelente patrão, trato meus funcionários com igualdade e justiça. Isso não é o suficiente?".

"Minha empresa era como fermento, só crescia. Eu passei a ser o arquiteto mais renomado do Brasil, minhas obras eram todas autênticas e, para adquirir um desenho meu, se fazia necessário respeitar uma fila de espera de aproximadamente um ano. E quem era o responsável em agendar e dar prazo para entrega era meu braço direito, amigo, confidente e administrador da minha empresa, o Cláudio. Ele tinha uma grande influência sobre mim, até em relacionamentos. Ele me apresentava as minhas namoradas. A Lavínia era uma engenheira linda, capa de revista, e o Cláudio dizia que ela estava solteira, fiquei encantado. Ele marcou um happy hour para nos conhecermos melhor. Claro que foi tudo financiado por mim. Convidamos algumas pessoas escolhidas a dedo e fechamos um restaurante no centro da cidade de São Paulo. Todos chegaram e nada da Lavínia, parecia que queria fazer suspense. Quando ela entrou pelas portas da frente com aquele vestido vermelho e um casaco branco de pele, os lábios volumosos com a cor do vestido, foi paixão. Não consegui esconder minha admiração. Cheguei perto dela e a ajudei a retirar seu casaco, ela estava com perfume indescritível. Ela virou a cabeça e me deu uma olhada penetrante. Foi assim que se iniciou o nosso romance."

Todos ouviam atentamente. O pastor respirou fundo, olhou para todos e continuou:

– Não demorou muito para começarmos o namoro e era tão intenso, eu parecia um adolescente na puberdade e ela respondia a todas as minhas expectativas. Tudo acontecia rápido demais: em dois meses de namoro decidimos noivar. Meus pais não se afeiçoaram por ela, mas eu não conseguia entender como não gostar de alguém perfeito. Minha mãe como sempre dando sua opinião, comentava: "João, você não acha que está indo rápido demais? Precisa conhecê-la melhor e sua família que mal fala conosco". Eu respondia: "A Lavínia faz parte do meu planejamento. Eu falei para vocês que iria me casar com trinta anos e aqui estou com a idade certa e a noiva ideal". Eu estava tão cego pela paixão que não escutava ninguém, parecia hipnotizado. Eu chegava todo orgulhoso com ela às festas, era meu troféu. Estava rodeado de amigos e só conseguia pensar sobre o quanto minha vida era maravilhosa.

"Os meses foram passando e decidimos marcar nosso casamento. A Lavínia me disse que queria ter o casamento mais luxuoso realizado em São Paulo. Falei para ela que dinheiro não era problema, dei o cartão sem limites nas mãos dela. 'Fique à vontade para fazer o casamento dos nossos sonhos'. Ela grudou no meu pescoço e me deu um monte de beijos.

"O casamento já estava chegando e eu me sentia um pouco preocupado, não era possível relaxar, havia uma tensão. Era para ser o dia mais importante da minha vida. Contudo, justamente naquele período eu estava cheio de problemas na empresa. As contas não batiam, minha desconfiança era de um desfalque no setor de faturamento. Fiquei cismado com todos, conversei com o Cláudio e transpareci para ele o quanto eu estava aflito. Ele me dizia que eu estava procurando chifre na cabeça de cavalo, já que estava milionário. Me calei, parecia que havia algo dentro de mim dizendo 'Procure e vai achar'. Era uma voz interna, sabe? Decidi fazer uma auditoria na empresa e, para a minha maior frustração, quem estava furtando dinheiro da empresa era o meu melhor amigo, braço direito, confidente. Sim, o Cláudio. Naquele momento me senti traído, um punhal foi cravado nas minhas costas e cravejado nele tinha uma palavra: decepção. Meu mundo caiu. Não queria falar com ninguém, precisava refletir sobre a decisão a tomar."

Fiquei consternada com aquela reviravolta. Imaginei a angústia daquele homem.

– Passado um tempo, resolvi não o denunciar, pensei que pelo menos ele havia me apresentado à mulher da minha vida. Fui me refazendo após tantos acontecimentos e, faltando dois dias para o casamento, marquei um encontro com a Lavínia no meu flat. Comprei uma comidinha japonesa, pois sabia que ela gostava. Ela chegou e estava tolamente esquisita, não era aquela mulher romântica, não queria nem me beijar direito. Quando se ausentou para ir ao banheiro, deixou o celular no sofá. Ouvi um toque e na barra de notificação consegui ler, era o Cláudio perguntando se ela já havia conversado comigo. Fiquei me perguntando sobre o que seria. Peguei aquele telefone e fui lendo todas as mensagens anteriores.

"Mais uma vez fiquei chocado, decepcionado, traído. Eles mantinham um caso secreto e a Lavínia, a suposta mulher da minha vida, também tinha participação no roubo da minha empresa. Ela saiu do banheiro e ficou transtornada quando viu o celular na minha mão. Dizia assim: 'Não é nada disso que está pensando'. Escorracei ela, fui arrastando-a até o elevador. Que ódio! Como pude ser tão ingênuo, inocente, manipulável? Não sei se eu estava indignado com eles ou comigo mesmo.

"Corri para a casa dos meus pais, eram as únicas pessoas em quem eu podia confiar. Cheguei, chorei e falei: 'O casamento está cancelado, não quero mais me envolver com ninguém, o ser humano não presta'. Mas, olhe, o colo de mãe tem um poder de curar as feridas. Eu ficava deitado no colo dela chorando e ela fazia cafuné na minha cabeça, assim aos poucos fui me acalmando. Retornei para casa disposto a mudar minha atitude em relação às pessoas.

Queria ver se as pessoas gostavam de mim ou do que eu podia oferecer para elas. Parei com festinhas, vales, abonos. E, quando menos percebi, estava sozinho. Na verdade, só queriam o dinheiro mesmo.

"Um dia, saí do trabalho e novamente corri para a casa dos meus, pois era o único lugar em que eu conseguia sentir paz. Minha mãe me recebeu com um cheirinho no cangote, como ela sempre fazia. 'Deixa eu sentir o perfume do meu filhinho'. Me fez um monte de *cosquinha* só para me ver sorrir. Meu pai disse: 'Senta aqui do meu lado enquanto sua mãe passa o café e arruma a mesa para o lanche'. Minha mãe logo chamou os seus meninos para comer. Meus pais me lembraram de alguns momentos da minha infância. E como sempre ela falava: 'Não adianta fazer planos, filho, se não estiver de acordo com a vontade de Deus, chega uma hora em que tudo desmorona. Não se esqueça, filho, da profecia que foi lançada sobre a sua vida'. No fim da conversa, decidimos que era necessário eu tirar umas férias. A possibilidade de estar em um lugar que ninguém me conhecia até me gerou uma expectativa."

Um homem de Deus traído duplamente. Aquela história era surpreendente.

– Comprei uma passagem só de ida para uma ilha paradisíaca. Arrumei as malas e meus pais me levaram ao aeroporto. Me despedi deles e fui. Cheguei ao meu destino, Maragogi. Me hospedei em um lindo resort, lugar agradável, amistoso. Que recepção calorosa! Peguei a chave na recepção e me dirigi para o quarto, acompanhado por uma camareira muito atenciosa. Dei uma gorjeta para ela e fechei a porta do quarto. Precisava colocar minha mente em ordem. Aos poucos, fui me sentindo mais disposto. Depois de dois dias naquele quarto decidi descer. Precisava ver gente, minhas refeições tinham sido feitas no quarto. Ao chegar na recepção, perguntei sobre o restaurante com visão panorâmica para a ilha, uma atração do resort. Um funcionário me conduziu e me colocou em uma mesa de frente para o mar, lugar privilegiado. Fiquei tão deslumbrado olhando para aquela beleza de marzão que não percebi a garçonete se aproximando. Ela perguntou se eu já havia escolhido minha refeição. Continuei sem interação com ela até que me deu um toque e eu acordei. "Já sabe o que quer?", perguntou ela. "Ainda não, tem alguma sugestão?". "Tenho, sim. Como aqui é uma região de praia, que tal frutos do mar?". Adorei a ideia e deixei ela escolher por mim.

"Ela sugeriu camarão no coco verde, arroz com mexilhão, anéis de lula empanados e um pirão de peixe bem fresco. Falei: 'Está fechado, parece uma delícia'. Para beber, ela disse que o coquetel de caju sem álcool era o mais pedido, uma receita original do resort. Perfeito. Deixei tudo por encargo dela, parecia que entendia tão bem os clientes. Retornou com meu pedido em uma bandeja, colocou até uma florzinha, enfeitando-o. Não me lembro a última vez que havia feito uma refeição tão prazerosa. Ela queria me deixar totalmente satisfeito. Conversou comigo e eu estava radiante. Depois de uns minutinhos de conversa, ela disse: 'Vou precisar me retirar, o dever me chama'. Fui degustando aquela comida e dizendo no meu íntimo: 'Eu só quero ser feliz outra vez!'.

"Ela retornou para limpar a mesa e perguntou se poderia fechar a comanda e trazer o total de tudo que consumi. Respondia que sim e solicitei a maquininha de cartão. Antes de ir embora, perguntei se ela conhecia um guia para me apresentar os pontos turísticos do litoral. Então, ela me surpreendeu com a resposta: 'Se quiser, amanhã estarei de folga e posso te mostrar. Não quero nada em troca, só desfrutar da sua agradável companhia'. Nem pensei duas vezes, a resposta foi sim. No mundo no qual eu vivia tudo tinha um preço, e ela não me cobrou nada, só minha presença; nem sabia que eu era milionário. Ao nos despedirmos, perguntou meu nome: 'A propósito, passamos a tarde inteira conversando e não nos apresentamos'. 'Me desculpe pela minha indelicadeza, me chamo João'. E ela comentou: 'Não houve um profeta nascido de mulher como João'. Dei uma risadinha sem graça, sem entender nada, e desconversei. Perguntei o nome dela e ela respondeu: 'Me chamo Sue. Não se espante, meu pai disse que significa fragrância suave do lírio'. Não consegui me conter. 'Concordo com seu pai'. Sue ficou envergonhada e foi a vez dela de dar uma risada sem graça. Para não deixá-la mais constrangida, marquei o horário do encontro no dia seguinte. 'Às sete e meia está bom para você?'. Ela concordou, segurei nas mãos dela e disse: 'Até amanhã neste mesmo lugar'."

Notei que havia prendido a respiração ouvindo àquele relato de um homem de Deus. Queria saber o final.

– Retornei para o meu quarto contando as horas. Não tenho um perfil ansioso, mas a Sue despertou esse sentimento em mim. Não era mais meu objetivo conhecer nenhum ponto turístico, visto que já havia encontrado na Sue a maior beleza do lugar. Acho que foi minha noite mais longa já vivida, acordava de hora em hora e olhava pela janela para ver se já estava amanhecendo. Pronto, depois de longas horas, os primeiros raios de sol invadiram meu quarto. Levantei correndo e fui tomar um banho e me arrumar. Desci e, quando cheguei no restaurante na mesma mesa que nos conhecemos, ela já estava à minha espera. "Bom dia, João, como passou a noite?" Eu falei: "Um pouco inquieto para a chegada deste dia, porém passei bem". Ela então comentou que era preciso nos apressarmos para não chegarmos atrasados. Logo perguntei: "Atrasados para o quê?". "Vou te apresentar primeiro o lugar mais importante para mim. E lá tem horário de início e de término também".

"Quando fomos nos aproximando, fiquei apavorado, parecia que iria desmaiar. Boca seca, palidez, uma sensação indescritível. Ela me levou para uma igreja, mas não era qualquer igreja, era exatamente o meu primeiro desenho materializado. Cada detalhe! Os pilares, as janelas voltadas para o leste, cada detalhe. Para completar, olhei para a placa da igreja, fundada no dia do meu nascimento. Pensei: *não é possível, devo estar sonhando*. Mas não era sonho. Sue percebeu que havia algo errado comigo, meus olhos lacrimejavam incontrolavelmente.

"O pastor desceu do altar e foi ao meu encontro com autoridade, eu estava arrepiado da cabeça aos pés. Ele falou a mesma profecia que estava gravada na minha mente de tanto minha mãe falar, porém o verbo foi conjugado no presente. 'Se chama João e está marcando sua geração, nas tuas mãos coloquei a minha unção e onde toca há multiplicação. Está na hora de ganhar almas para meu reino!'. Meus olhos pareciam duas cachoeiras em um dia chuvoso, não conseguia me controlar. Senti que estava verdadeiramente em casa, na casa do meu Pai. Sue me abraçou com tanta ternura. O pastor me falou que eu seria forjado para Deus me levar às nações. Acabou o culto e eu ainda estava desorientado, foram tantas emoções.

"Sue me chamou para irmos embora para concluir o nosso passeio turístico. Me despedi do pastor. Contudo, quando já estamos saindo na porta, ele falou: 'Vão com Deus! Até mais tarde, meu lírio'. E Sue respondeu: 'Tchau, papai!'. Não é que o pastor era pai da Sue? Mais uma surpresa. Exploramos o litoral e não sabia decifrar meus sentimentos. Tudo acontecia ao mesmo tempo, era algo tão especial. Verdadeiramente fui escolhido antes de ser gerado para um propósito imensurável. Retornamos e Sue foi para casa. Senti no coração que era importante eu ficar ali por tempo indeterminado.

"Entendi o significado do versículo citado pela minha mãe, de Provérbios 16:9, de homem pode fazer planos, mas o Senhor dirige os passos. Peguei o telefone e fui contar para minha mãe tudo que havia acontecido comigo. Pensei em alguém histérica, essa era ela gritando do outro lado da linha. Não parava de falar: 'Deus é bom, maravilhoso, tantas glórias que perdi a conta'. Tive que interromper a sessão de glória. 'Deixe eu falar, mãe. Vou vender tudo que tenho, não adianta nada ter bens se estou longe da presença de Deus. Todo meu dinheiro será utilizado para fazer a obra do Senhor. Meus desenhos serão para glorificar Deus'. Minha mãe externou o quanto ela estava feliz pela minha decisão e afirmou que estava esperando por esse dia.

"Os anos se passaram e eu me tornei um pastor renomado, fundei mais de trezentas igrejas no Brasil e fora também. Me casei com a mulher mais linda e perfumada que existe. Sim, Sue, a amada da minha alma. Tivemos três lindos filhos frutos do nosso amor. E a lição que tiro da minha jornada é que cada um de nós tem uma rota traçada por Deus e, mesmo que por conta própria decidamos buscar outra direção, Ele move céus e terras para não ficarmos perdidos. Ele é o caminho.

Com essa frase ele parou para observar os fiéis que admiravam aquele final fantástico e que era uma prova de Deus.

– E agora eu te pergunto: o que Deus colocou em suas mãos? Quantos talentos? Sua vida está sendo para glorificar Ele? Deixe que Deus conduza seus passos. Seja direcionado.

Que lindo! Fiquei maravilhada pelo belo testemunho do pastor João, pois ele também precisou perder para ganhar.

O culto acabou e fomos comer na lanchonete da praça, com direito a uma pizza à lenha. A semana foi fechada com chave de ouro.

Mais uma semana se inicia, falei comigo mesma ao abrir os olhos na manhã da segunda-feira. Os dias foram passando, e eu cada dia mais disposta. Era a sexta semana do grupo e eu precisava me organizar para concluir mais uma etapa. E chegou o dia mais esperado.

SEXTO ENCONTRO

NO MEIO DO GINÁSIO, colocaram uma fogueira acesa. O mediador comunicou o intuito e perguntou se todos haviam concluído a tarefa de escreverem a carta, e dissemos que *sim*. Levantamos os papéis para o alto, e ele pediu para jogarmos na fogueira para serem incineradas.

– Neste momento, vocês estão queimando todas as dores, as mágoas, as angústias, as traições e os medos contidos nestas cartas.

Ao jogar, parecia automático que as lágrimas rolassem. Finalizamos aquele ato e novamente o mediador falou que o microfone estava aberto para quem estivesse disposto a compartilhar sua história. Então, senti-me segura em compartilhar com aquelas pessoas meus dramas. E assim cheguei ao microfone. Respirei fundo e disse como havia sido brutal a morte do Dudu e o modo como eu não aceitava sua partida. A solidão, o luto de quatro anos, as minhas visitas ao cemitério, o abandono da família; esvaziei meu coração.

Todos aplaudiram, e eu chorei como um bebê. O mediador agradeceu por eu ter compartilhado com todos. Após os aplausos e agradecimentos, ele falou que no sétimo e último encontro seria a vez dele, pois estávamos preparados para escutá-lo. Fiquei pensando como seria o depoimento. Mas deixei as expectativas para o dia em questão.

Peguei o livreto ao chegar em casa e li a atividade que encerrava o conteúdo. Estava escrito assim:

"Parabéns pela resiliência, determinação e superação. Esta página está destinada para você escrever a sua vitória e ser um memorial. Escreva a sua vitória!"

E eu escrevi:

"Saí do luto".

Nem tinha acabado de fechar o livreto e ouvi alguém me chamando. Bateu à minha porta uma vizinha. Não queria as minhas aulas, e sim que eu desse aulas na ONG dela para ajudar outras mulheres. Chamei-a para entrar e ela me propôs uma parceria. Contou-me como havia surgido e o porquê da ONG.

– Prazer, me chamo Débora e tenho 28 anos. Após muita insistência do meu terapeuta, decidi sair de casa. Passei a fazer caminhadas ao longo das tardes, era o horário que eu tinha vago. Relutei um pouco, as nossas consultas eram on-line e eu trabalhava home office, era uma forma de me isolar de tudo e de todos. Minha vida não fazia sentido, sentia uma tristeza infindável. Entretanto, não queria permanecer assim e algo dentro de mim me encorajava a tomar uma decisão. De início, separei algumas horas para me conectar um pouco com Deus, na esperança d'Ele estar me ouvindo. Comecei a conversar e me lamentar, só sabia questionar e culpá-lo por tudo que havia acontecido no meu passado. Inúmeras vezes, tinha pensado em me matar, porém não tinha coragem.

"Tracei meu roteiro diário e me determinei a cumprir, a cada dia eu estendia um pouco mais no percurso. Até que consegui chegar no calçadão da praia. Moro a quarenta minutos dele. O mar estava revolto e fiquei observando aquela imensidão com uma força fora do normal. Deixei meus sentimentos fluírem ao ver aquelas ondas gigantescas. Meu coração ia e voltava com a maré. Fui dirigindo meus passos para cada vez mais próximo e ouvi uma voz. 'Olhe para esse mar, toda essa agitação habita em seu ser'. Novamente meu coração acelerou.

"Sentei diante daquele marzão, olhei para a minha direita e vi ao longe alguém se aproximar, cada vez mais próximo, até que chegou e ficou de frente para mim, ofuscando a imagem que eu estava admirando. Uma menina de aproximadamente seis anos de idade. Tão linda e indefesa, perguntei sobre seus pais e ela disse não saber onde estavam. Ela parecia tão familiar. Ela iniciou uma conversa comigo. 'Preciso te dizer algo. Não está curiosa para saber quem sou?'. Eu disse 'Claro que sim' e ela respondeu 'Sou você onde tudo começou. Chegou a hora de termos nossa conversa delicada, porém necessária'. Ficamos sentadas uma de frente para a outra e a conversa se prolongou."

A vizinha, animada, contava a história com mais detalhes:

— A menina me perguntou o porquê de eu não conseguia perdoá-la. Eu não estava entendendo aonde ela queria chegar com aquela conversa. Ela me disse não ser culpada pelos abusos que havia sofrido. Nossa conversa durou horas, e eu não conseguia entender como alguém que veio ao mundo para me proteger tinha feito tanto mal para mim. Sim, fui abusada pelo meu pai e me culpava por tudo que havia acontecido; minha mãe fazia eu me sentir assim culpada.

"Por meio dessa conversa, regressei ao meu passado, pois tinham coisas pendentes lá. A menina dizia: 'Nós não somos culpadas por aquela fatalidade. Sabia que coisas ruins acontecem com pessoas boas? A Bíblia diz que o sol nasce para o justo e o ímpio. Qual foi o mal que Jesus cometeu para ser crucificado? Já parou para pensar que, por meio do Seu amor, Ele perdoou nossos pecados. E quem somos nós para não perdoar? Sabia que a falta de perdão nos aprisiona ao passado? E aqui estamos nós sentadas, paralisadas e infelizes. Perdoar não é ter amnésia, é ser livre do que nos traz sofrimentos. Eu sei que papai fez muito mal para a gente, mas chegou a hora de fazermos as pazes com nosso passado. Vamos tomar essa decisão juntas?'.

"Após a fala dela, passaram em minha mente vários flashes da minha vida, da infância na qual fui abusada pelo meu próprio pai. Agressões e mais agressões sofridas pela minha mãe. Pré-adolescência sem amizade, um verdadeiro bichinho do mato. Na adolescência, timidez. Uma juventude isolada em um quarto escuro. E, na vida adulta, tentava esconder de todos um passado traumático. E com isso ele, o meu passado, estava vivo dentro de mim, me matando a cada dia."

Imaginei a aflição daquela mulher e continuei ouvindo.

– Em meio aos meus pensamentos, novamente a menina falou: 'Vamos tomar uma decisão juntas? Somos mais fortes que tudo isso, que tal perdoá-lo?'. Ela me dizia aquilo não na intenção de perdoar meu pai, e sim para dar um basta em todo o sofrimento que a falta de perdão nos traz. Sinceramente, me sentia incapaz de conseguir tal proeza. Não percebia o mar de angústia em que estava me afogando, não conseguia me relacionar com ninguém; só em pensar em outra pessoa me tocando desencadeava uma crise de ansiedade severa. Na maioridade, o combustível para eu estudar e ter minha independência financeira era eu sair logo de casa.

"Tudo aconteceu como eu esperava, saí de casa, mas as lembranças dos horrores que havia passado dentro da casa não saíram de mim. Porém, observando os olhos cheios de ternura direcionados a mim daquela linda menina, meu interior se moveu por esperança. Entendi que a única saída daquele caos era me desatar das mágoas armazenadas na alma com as lembranças indesejadas. Decidirmos juntas reiniciar a vida. Escrevemos na areia da praia 'Fomos libertas das mágoas do passado'. E começamos a gritar: 'Pai, eu te perdoo. Mãe, eu eu te perdoo'. E o grito mais intenso foi quando falamos em alta voz: 'Eu me perdoo'.

"Fez-se um silêncio naquela praia e o mar começou a ficar calmo. Cochilei e ouvi vozes bem ao longe. 'Acorde!'. Havia uma pressão no meu peito e um salva-vidas em cima de mim fazendo respiração boca a boca. Tossi e comecei a expelir água salgada. Não é que eu tinha me afogado? Aliás, eu tentei acabar com a minha própria vida. Porém, não era meu fim. Era apenas um começo de uma nova história. Mas algo me chamou atenção: a minha direita, de onde veio a menina, vi pegadas na areia. Tudo que eu vivi naquela noite havia sido real."

E ainda havia mais na história da minha vizinha.

– Decidi ligar para minha mãe após anos de distanciamento. Marquei uma visita. Ao chegar à casa dela, meus pais já estavam me esperando, ansiosos. Eu logo pedi para eles se sentarem e fui direto ao ponto. "Preciso dizer algo a vocês, me perdoem, hoje entendi que não ganho nada guardando mágoas." Fui, então, surpreendida com a fala da minha mãe. "Não precisa dizer nada, apenas me abrace." Nos abraçamos e choramos muito. E meu pai disse: "Não sou digno do seu perdão!". Depois daquele momento libertador fui para casa totalmente transformada. Passei a planejar a minha vida, comecei a ter sonhos, verdadeiramente voltei a viver. Entendi que o meu sofrimento poderia ser usado para curar outras vidas. Então, decidi abrir uma ONG para ajudar mulheres como eu a encontrar motivos para viverem e hoje sou conhecida em todo o território nacional por ajudar mulheres a vencerem os traumas do passado. Consegui transformar minha dor em uma linda ONG que se chama "Perdoadas e saradas". Sempre falo para as mulheres que encontro, e é o lema da ONG: "Posso te fazer uma pergunta? Já fez as pazes com o seu passado? Posso te dar uma sugestão? Não guarde lixo dentro de você! Chegou a hora de se permitir a viver!".

Logo pensei na Ananda, uma das mulheres que compartilharam seus pesadelos conosco nos encontros. Essa ONG era importante para alcançar mulheres. Entendi que falávamos a mesma linguagem e aceitei o convite.

Não fazia ideia que a minha vida seria transformada por meio do grupo, recebi cura e libertação. Nem imaginava o quanto eu estava ferida e machucando outras pessoas também. Mas era chegada a minha vez de ajudar as pessoas, de fazer algo bom em um mundo tão amargo.

A Bíblia diz que o amor de muitos esfriaria, no entanto, não são todos incessíveis. Eu não sou todo mundo, eu faço parte de uma minoria que ama, compadece e se move em favor ao próximo. Percebi que era necessário primeiro recebermos a cura e depois promovermos a cura. Minha vida já havia tomado um novo rumo, atividades e mais atividades.

Passei a ter uma agenda para conseguir me planejar e ocupar meu tempo de forma saudável, dando conta de tudo. E nela estava escrito de forma grifada:

ÚLTIMO ENCONTRO

A melhor e mais importante quarta-feira do mundo. Fiquei esperando por aquele dia com uma grande expectativa. E ele chegou. Fui ao salão pela manhã e ouvi a voz do meu filho: "Coloque o vestido azul para combinar com seus olhos". Pela noite, saí de casa toda linda e cheirosa.

SÉTIMO ENCONTRO

QUANDO ENTREI NO GINÁSIO, estava tudo arrumado para um verdadeiro baile de gala. O mediador estava bem-vestido com um terno preto. Diante dele, um microfone dourado e nós à espera do início. Ele disse:

– Vocês estão preparados?

E nós, em voz unânime:

– Sim!

Então, passou a narrar sua história:

– Tudo aconteceu no ano de 2011, na região serrana do Rio de Janeiro, mas precisamente em Teresópolis. Sempre fui um homem feliz, prestativo, grato. Amava minha família: uma esposa maravilhosa e um casal de filhos que remetiam à verdadeira criação de Deus. Como não ser feliz com tantas bênçãos? Em 11 de janeiro de 2011, a chuva começou e já estávamos acostumados. Para quem não conhece, a região serrana é marcada por chuvas, dias frescos. Mas aquela chuva não estava normal, não parava e a cada hora se intensificava. Começaram as ligações dizendo que havia tido uma tromba d'água e já havia mortes. Fiquei preocupado, pois no fundo da minha casa passava um rio e parecia que a cada hora ele ficava mais cheio.

"Decidi sair de casa com minha esposa e meus filhos para irmos para um local mais seguro. A casa dos meus pais ficava no centro da cidade e, ao meu ver, era o lugar mais seguro para a minha família ficar. Meu telefone não parava de tocar. A cada hora um grito de socorro diferente. Não aguentei. Não conseguir ficar em paz sabendo que meus amigos precisavam de mim. Dei um beijo na minha esposa e nos meus filhos, tomei um pouquinho de café da mamãe e fui.

"Cheguei em casa e abri minha porta. Foi um tal de vizinhos pedindo abrigo. Deixei quem quisesse ficar e voltei para a rua para ajudar a desenterrar os corpos, muitos já sem vida. As ruas estavam ocupadas por cadáveres e eram tantos gritos que já não aguentava mais suportar o desespero. Até que a chuva parou e voltei para casa para ver o que havia restado dela. Já estava preparado para ver algo que me chocasse mais uma vez, porém todos lá dentro estavam com vida. Meus vizinhos me agradeceram tanto e, em meio a tudo que eu estava vivendo, tive a certeza de que Deus existe."

Todos continuavam a ouvir sua história:

– Dez casas próximas à minha foram levadas pela força da água e a minha, intacta. Parecia que alguém havia feito uma barreira para que não fosse demolida. Na verdade, sei que era a mão de Deus. Pela manhã, estava mais seguro transitar pelas ruas. A energia dos postes havia sido desligada. Fui direto à casa dos meus pais e, para o meu desespero, toda a minha família estava soterrada. Comecei a gritar para ver ser alguém me respondia, mas o silêncio era ensurdecedor. Chegou a Defesa Civil com caminhões e tratores para tentar desenterrar os corpos, já não tinha esperança de vida.

"O trator conseguiu desenterrar minha esposa e meus filhos. Ela estava abraçada com as crianças, ambos mortos. Imagine você ver sua esposa e seus filhos mortos e abraçados. Sim, meus olhos contemplaram essa cena. As buscas não pararam por dias, tentaram achar meu pai e minha mãe, mas até hoje ninguém foi capaz de achar a ossada deles. O enterro? Três caixões e eu olhando e pedindo que a soma estivesse errada, deveriam ser quatro. Como vocês, eu também vivi as tragédias da vida, enterrei a minha família, passei a ser órfão. Passei a ser um andarilho na tentativa de fugir do sofrimento, abandonei minha cidade e minha identidade na tentativa de fugir do meu passado.

"Mas ele me seguia. Parecia que eu carregava uma mochila com as cenas, batia a cabeça no chão e as lembranças permaneciam nítidas na minha mente. Tornei-me mendigo e a cada semana estava em lugar novo para pedir esmola. Até que recebi a melhor delas: estava sentado na Central do Brasil com meu copo na mão esperando uma esmola e ouvi uma frase que ardeu a na minha alma: 'Quer ser curado?'. Tudo o que eu mais queria era que a dor passasse. Respondi então: 'Quero'. A pessoa estendeu a mão e me tirou do chão. Era um evangelista que fazia um trabalho de ressocialização com pessoas em situação de rua.

"Fui curado, restaurado e livre. Deus me presenteou outra vez com uma família. Casei e minha amada esposa está à espera do nosso casal de filhos. Sim, gêmeos. Porção dobrada. Entendi o que Salomão queria dizer com o melhor das coisas não está no início delas, e sim no fim! Todos vocês vão sair daqui com a minha biografia. Podem ver aqui o título: A *festa não acabou ainda, tem vinho novo*."

Levantamos e aplaudimos de pé. Ele completou ao término das palmas:

– Vocês entraram feridos, cabisbaixos, enlutados, traídos, frustrados. Chegaram mortos e agora o que habita em vocês é alegria, acabam de nascer de novo, estão cheios de vida.

Na aula inaugural teve o abraço de alguém que escolhêssemos e, em meio à festa, o mediador pediu para que nos abraçássemos. Disse que estávamos exercitando nossa fé.

E naquele momento recebi um abraço do Espírito Santo. O Consolador preencheu a minha alma. E aquela que estava sem esperança agora tem projetos e sonhos.

- ♦ -

Qualquer semelhança é mera coincidência.
Não sei se você perdeu algo de valor. Mas se o luto se apoderou de você, te impossibilitando de viver, **Jesus te convida a voltar a viver.**

A seguir, um receituário para ser utilizado **de forma diária** com a finalidade de curar a alma.

- ♦ -

RECEITUÁRIO ESPECIAL

1- Doses de perdão nos períodos da manhã e noite

2- Gotas de arrependimento 3 vezes ao dia

3- Gratidão ao amanhecer e à noite

4- Vitamina D ao amanhecer
(com a finalidade de desfrutar os raios solares)

5- Esperança de 12 em 12 horas

6- Alimentação rica em sentimentos edificantes

7- Satisfação misturada com encorajamento

ATENÇÃO: É DE USO CONTÍNUO. NÃO DEIXE DE FAZER PASSO A PASSO COMO LHE FOI PRESCRITO.

Se permita a um novo começo!

Quem você era não importa, quem você é se torna uma realidade, agora deixe a mudança invadir seu ser. Ela fará de você uma pessoa muito melhor no futuro. Deixe as angústias para viver o amor de Deus.

Ele tem um novo capítulo para sua história.

SINTOMAS DE MELHORA

- Após o início do tratamento, você vai começar a se levantar, o sorriso que não aparecia fazia tempos, brotará, timidamente, no cantinho dos seus lábios.

- Sentirá a alegria brotar em seu ser.

- Perceberá que se afastará da pessoa triste, perversa, desonesta, preguiçosa que passou a ser pelas frustrações da vida.

- Decida sair do isolamento, entenda que está te faltando a presença de Deus.

- Ele é o único capaz de diagnosticar o mal que há em você.

- E traçar um tratamento eficaz para ser curado, com tantas atitudes desastrosas no seu histórico, mesmo assim ele te amou primeiro.

- Passe a ser justificado, curado e livre.

- ♦ -

**ESCRITO POR ADRIANA ALCANTARA,
INSPIRADA PELO ESPÍRITO SANTO!**

- ♦ -

Compartilhando propósitos e conectando pessoas
Visite nosso site e fique por dentro dos nossos lançamentos:
www.gruponovoseculo.com.br

Ágape

- facebook/novoseculoeditora
- @novoseculoeditora
- @NovoSeculo
- novo século editora

gruponovoseculo.com.br

Edição: 1ª
Fonte: Lora e Montserrat